U0115278

文學研究叢書‧現代詩學叢刊

文藝‧自然‧哲理‧愛情：

落蒂新詩論集　續編

余城旭　陳卓盈　鄭鍵鴻　編
余境熹　著

代序

不如且消搖，出門隨意行：
落蒂〈門〉後的分岔徑

　　落蒂的〈門〉只有三行：「他把房子唯一一扇門關了／於是他的身體各處／竟開啟許多門」。試著稍加附會，關掉門的「房子」實可象徵業已寫就的文本，而另開許多新門的「身體」則是象徵讀者。〈門〉的意思可以是：文本乍看起來似是封閉，讀者卻能運用想像，創造出豐富多端的詮釋。

　　方梓（林麗貞，1957-　）在散文集《時間之門》裡曾言：「時間於我，也是空間，所以時間有門，那一扇門是人腦中的思考，用來描述事物變化的程度／過程。」[1]據此聯想，落蒂〈門〉裡的「他」或正身處於用來寫作的「房子」之內，把「唯一一扇門關了」後，暫時隔絕塵世干擾，遂得以打開「身體」的每個感官，打開腦中「許多」思考的「門」，動筆描繪記憶中的各種片段。維珍尼亞・伍爾芙（Virginia Woolf, 1882-1941）曾說女作家需要有自己的房間，而在人際接觸更頻繁的當代，男作家「他」也需要有能夠「把房子唯一一扇門關了」的獨處時光——如賈平凹（賈平娃，1953-　）〈敲門〉之所言[2]。

　　落蒂的〈門〉亦可試著以傳統的中國哲思旋開，如儒家經典《禮記》〈大學〉有云：「君子必慎其獨也」，君子即使在關上門的房子裡

1　方梓（林麗貞）：〈時間有門〉，《時間之門》（臺北市：聯經出版事業股份有限公司，2016年），頁3。無獨有偶，落蒂在〈竊〉裡亦曾把「記憶」放進「房間」，使得時間空間化：「我潛入許多房間／在暗夜中尋找熟悉的記憶／因為搬過太多次家了」。

2　賈平凹（賈平娃）：《自在獨行》（武漢市：長江文藝出版社，2016年），頁43-45。

獨處，也應該如同置身在「十目所視，十手所指」的環境中，不可造次，「身體各處」要像「開啟許多門」般敞亮。但是，我們也可從完全相反的角度理解落蒂之〈門〉──《莊子》〈應帝王〉載有「渾沌鑿竅」此一著名寓言，當中以渾沌「身體各處」新「開啟」的「許多門」象徵視、聽等方面之欲望──不太講究慎獨的現代人在關上房子的門後，躲進私密的空間，「身體各處」欲望蠢動，透過無遠弗屆的互聯網，自可「開啟許多門」，探觸無底線的色香世界。

以佛家「遁入空門」的說法來想，「把房子唯一一扇門關了」可以解作閉門修行；可惜靜定不易，煩惱之軀仍會時時「開啟許多門」，以致六根難得清淨。夏目漱石（NATSUME Sōseki, 1867-1916）的小說《門》（*The Gate*）有一幕寫男主角嘗試參禪：「宗助思索了。但是思索的方向和思索的中心問題都虛幻得不可捉摸。宗助一邊思索一邊狐疑：自己的這種行徑可能是極其迂陋的……宗助的腦海裡閃過形形色色的事物，有的形象清晰，有的混沌如浮雲，而且不明其來蹤去跡，唯覺一個消失，一個接踵出現。連綿不斷，無盡無休。從頭腦中透過的事物可謂無限、無數、無盡藏，其去其留，絕不服從宗助的主觀願望。宗助越是想趕快煞斷，它們就越是滾滾湧來。」[3]最後這名主角不得不終止參禪，此正是「身體」難禁「開啟許多門」、難禁雜念紛至的結果。

落蒂的〈門〉也讓我想起不少動漫作品，例如《海賊王》（*One Piece*）的布魯諾（Blueno）擁有「門門果實」能力，可以在「身體」上「開啟許多門」，曾把主角蒙奇・D・魯夫（MONKEY D. Luffy）的臉也變成了門；「白鬍子海賊團」的第六隊隊長布朗明哥（Blamenco）則懷藏「口袋果實」能力，其「身體」上的多個口袋也像「門」一

3　夏目漱石（NATSUME Sōseki）：《門》（*The Gate*），吳樹文譯（臺北市：志文出版社，2001年），頁209。

樣，從中能夠取出各種大型武器。在《鋼之鍊金術士》（*Fullmetal Alchemist*）裡，愛德華・艾力克（Edward Elric）與其弟艾爾凡斯・艾力克（Alphonse Elric）「把房子唯一一扇門關了」，秘密地進行人體鍊成，渴望能讓母親復活，結果卻是「開啟」了真理之門，弟弟的整個「身體」，以及哥哥的左腳、右手「各處」都被真理之門取走。

　　從以上無拘的聯想可見，詩確實也似《多啦 A 夢》（*Doraemon*）的「隨意門」，只需輕輕打開，即能連接無窮盡的世界。讀者每次推〈門〉，都應有所得，就如《Re：從零開始的異世界生活》（*Re: Zero - Starting Life in Another World*）中菜月昴（NATSUKI Subaru）總是能找到碧翠絲（Beatrice）一樣。落蒂另詩〈故事〉寫道：「站在十字路口注視前方／不知往東西或南北／只是許多玄之又玄的情節不斷發生」，說的也是「注視」詩文本，讀者腦海中的「情節」便能「不斷」衍生[4]。

4　本篇標題，取自陸游（1125-1210）的詩〈晚步〉。

目次

輯三　哲理

輯四　愛情

輯一

文藝

多重對話：
落蒂的〈在藝術薰風中徜徉——記海南東坡書院〉

　　落蒂的〈在藝術薰風中徜徉——記海南東坡書院〉（以下簡稱〈徜徉〉）登載於二〇二〇年五月十三日《中華日報》副刊，其後收進《時光問答》。透過〈徜徉〉一篇，落蒂展開了與蘇軾（1037-1101）、自身創作、蘇軾創作的多層次「對話」，拓寬了詩的思路。〈徜徉〉全文是：

　　　　坐在儋州中和鎮東郊的古建築啊！
　　　　引來一群臺灣詩人久久的注視
　　　　你戴著斗笠的塑像
　　　　不論刮風下雨
　　　　都瘦弱的立在那裡

　　　　近千年前
　　　　你的風雨人生
　　　　並沒讓你的書屋蒙塵
　　　　反而更加光輝亮麗

　　　　詩人啊！

人生如夢
你在新舊黨中橫被鞭笞
踏著爛泥摸索前行

時空均限制不了
你的藝術成就
你的詩詞書畫
在長長的歷史夜空中
猛烈閃光
在人們的吟頌欣賞讚嘆下

溫柔的撫慰人們
受傷的心靈

你人生的風雨
已近千年前了
人們還是再三回溯

多少人想像你一樣
也走過多難的山崗
也把生命的印記留下
然而多數在亂草中跋涉
有時甚至在原野中都沒留下
任何一朵卑微小花

人生盡了

夕陽落下
只有少數巨星
在歷史大樹上留下深痕

你在海南和農民
喝便宜酒吃平凡菜
不再舞動快意大刀

得意的大樹是倒了
暴風雨也隨時來襲
在迷濛煙霧中
你的書院矗立依然
依然是
永不消失的藝術薰風

　　第一層次，是落蒂與蘇軾之間的「對話」。

　　戴維・龐特（David Punter, 1949-　）嘗言：「當我們談及歷史時，我們聽到的無一例外都是鬼怪的聲音。」[1]然而，在重視文化傳承的落蒂詩中，跟已逝名人的相逢卻毫無「鬼怪」字面的可怖，倒是一片和諧──蘇軾「薰風」吹拂，落蒂「徜徉」自適，這種關係恰使人想到米哈伊爾・巴赫金（Mikhail Bakhtin, 1895-1975）所認為的：個體之間並非敵對，而是能夠相互編寫，從而更深發掘自我[2]。

1　戴維・龐特（David Punter）：〈鬼怪批評〉（"Spectral Criticism"），秦璐譯，潘純琳、閻嘉校，《文學理論精粹讀本》，閻嘉編（北京市：中國人民大學出版社，2006年），頁152。

2　Robert Stam, *Subversive Pleasures: Bakhtin, Cultural Criticism, and Film* (Baltimore: Johns Hopkin UP, 1989), p.6.

　　蘇軾的塑像實際是被動地安放在海南東坡書院的，並無選擇可言，落蒂卻加入主觀意識，說它「不論刮風下雨／都瘦弱的立在那裡」，從而編寫出蘇子之堅毅形象。句子中的「瘦弱」和塑像之「戴著斗笠」，都突顯著蘇軾之無權無柄，其主要原因即北宋「新舊黨」的傾軋，連累蘇軾「橫被鞭笞」，飽歷困苦，不得不「踏著爛泥摸索前行」。反視落蒂，他在詩壇各「黨」的夾縫間也多少承受著委屈，但他儘管只能斜戴「斗笠」，顯得「瘦弱」乏力，卻仍然以「立」著的姿勢繼續享受筆耕之樂，與蘇軾「不論刮風下雨」的精神保持一致——落蒂稱許蘇軾，實際亦寄託著自憐與自尊。落蒂〈徜徉〉盛讚蘇軾：「你的藝術成就／你的詩詞書畫／在長長的歷史夜空中／猛烈閃光／在人們的吟頌欣賞讚嘆下」，這數句亦可理解為相互編寫，反照出落蒂所追求的宏大目標。

　　第二層次，是落蒂所撰文本的互相「對話」。

　　茱莉亞・克莉斯蒂娃（Julia Kristeva, 1941- ）指出，文本在生產過程中必然吸納並轉化先前的文本[3]。於譜出〈徜徉〉之先，落蒂就曾寫過〈在儋州遇見蘇東坡〉（以下簡稱〈儋州〉）[4]，刊載於二〇一

3　Julia Kristeva, "Word, Dialogue and Novel," *Desire in Language: A Semiotic Approach to Literature and Art*, ed. Léon S. Roudiez, trans. Thomas Gora, Alice Jardine and Léon S. Roudiez (New York: Columbia UP, 1980), p.66.

4　為便參考，落蒂〈在儋州遇見蘇東坡〉之全文為：「一行人行色匆匆飄洋過海／從桃園到香港轉機／抵達海口時祇見夕陽和椰林／紅著臉輕搖歡迎詩人的手／／啊！喜來登七星級飯店大廳／居然一下子湧進百位／兩岸三地的詩人／人人有一幅巨大的人像歡迎自己／／迎賓宴大啖美食紅酒／頒獎典禮的朗誦聲光／讓曾經在黃昏荒野掛著一盞燈的詩人／突然榮光煥發起來／／儋州東坡書院的晚會／穿著木屐戴著斗笠的詩人蘇東坡／獨自站在樹林暗處嘆息／對著現代詩人的朗誦揮毫而流淚／／椰林風聲中傳來／隱約的詩人心聲／彷彿也像佛勒斯特的低吟／世路多歧為何獨自走上荒涼小徑／／似乎東坡的苦吟／心已似死灰之木啊／身就如不繫之舟了／對現代詩人祇剩羨慕和祝福／／百位詩人似乎極滿意眼前情景／並無閒暇體會東坡的心聲／在大會準備的長條宣紙上／匆匆寫下自我感覺良好不虛此生」。

六年六月十一日《中華日報》副刊並收錄《大寒流》內。據〈儋州〉後記所示：「海南海口市舉辦兩岸詩會，臺灣詩人一行十多人與會，行程中曾在東坡書院朗誦揮毫，感觸良多」，該篇與〈徜徉〉乃為同一活動而作，允稱姊妹篇。

落蒂〈徜徉〉謂：「坐在儋州中和鎮東郊的古建築啊！／引來一群臺灣詩人久久的注視」，只簡單兩句，便帶過同行者的反應，而前作〈儋州〉卻有頗多篇幅敘述其他人之表現。例如，該篇寫眾詩人大搖大擺地步入「七星級飯店大廳」，在「迎賓宴大啖美食紅酒」，個個「榮光煥發」，「極滿意眼前情景」，並且洋洋自得地「在大會準備的長條宣紙上／匆匆寫下自我感覺良好不虛此生」。殊不知，在觥籌交錯之間，詩會原本的藝文性質已蕩然無存，眾人只顧享受，在吃飽喝足之後，反「無閒暇體會東坡的心聲」，以致落蒂想像：「穿著木屐戴著斗笠的詩人蘇東坡／獨自站在樹林暗處嘆息／對著現代詩人的朗誦揮毫而流淚」[5]。

回顧〈儋州〉後，可知該作與〈徜徉〉構成「對話」關係，兩篇的意涵均藉此更臻圓滿。首先，〈儋州〉的「七星級飯店」乃與〈徜徉〉簡樸而自有「光輝亮麗」的「書屋」對舉，〈儋州〉的「大啖美食紅酒」是和〈徜徉〉寫蘇子「在海南和農民／喝便宜酒吃平凡菜」對舉，而前篇驕氣滿滿的「揮毫」，則又與「不再舞動快意大刀」對舉。三重比照，正透露出蘇子和一眾詩人差異莫大，暗示「矗立依然」的蘇軾和忘乎所以的賓客雲泥互別、天壤相殊，褒貶之義甚明。

此外，〈徜徉〉結尾言「得意的大樹是倒了」，這裡的「得意」適可以用來形容〈儋州〉「榮光煥發」的眾詩人——順此類推，則「大樹」象徵後者、「倒了」象徵速朽的意味可算是相當明顯了。〈儋州〉

5　這種對逝者之魂的同理心表現，或可參考Avery F. Gordon, *Ghostly Matters: Haunting and the Sociological Imagination* (Minneapolis: U of Minnesota P, 1997), p.16。

又謂：「有時甚至在原野中都沒留下／任何一朵卑微小花」，此「原野」指道路平坦，不似蘇軾一生波折，那些「自我感覺良好」地踏進「七星級飯店」的眾詩人即可謂走在「原野」之上。落蒂說蘇軾「踏著爛泥摸索前行」，其文學盛名卻「永不消失」，而「原野」上的眾詩人只顧吃喝宴樂，遜於感受，雖亦風光一時，但離蘇子更遠，終不免如草木榮華之飄風，無法把手植的文藝「小花」流傳於後。

Last but not least，藉著參照〈儋州〉一作，〈徜徉〉的「臺灣詩人」亦可能被納入為受批評的對象，這在慣說好話的文壇甚易激起風波，讓人要為落蒂捏一把冷汗。值得注意的是，落蒂在〈儋州〉顯露之耿直，或正是〈徜徉〉曾暗示的、落蒂亦承受「新舊黨」排擠、「橫被鞭笞」的一大原因。簡言之，落蒂兩首寫海南之遊的新詩互相「對話」，其對庸俗詩人的針砭由是益加猛烈，而這又同時解釋了落蒂在詩界不免於「戴著斗笠」踽踽獨行、「瘦弱」無權的一部分背景。

第三層次，是落蒂與蘇軾文本的「對話」。

當留意的是，落蒂〈徜徉〉謂「原野」上的詩人難以不朽，可其實「在亂草中跋涉」者在「走過多難的山崗」後，也不一定能「把生命的印記留下」──落蒂曾於〈日日春〉自喻為「一朵不起眼的日日春」，他深心知道，要讓「一朵卑微小花」留存百世，機會是何等渺茫。那麼，落蒂或難逃與眾詩人同歸泯滅的結局，而今生他又不願從俗「大啖美食紅酒」，必得「體會東坡的心聲」，學蘇子「穿著木屐戴著斗笠」、「獨自站在樹林暗處嘆息」，豈不是自尋痛苦與煩惱？

細察〈徜徉〉，可見出落蒂屢屢重複「風雨」──「人生的風雨」、「風雨人生」、「暴風雨也隨時來襲」，這自然讓人想起蘇軾的名作〈定風波‧三月七日〉：

　　莫聽穿林打葉聲，何妨吟嘯且徐行。竹杖芒鞋輕勝馬，誰怕？

一簑煙雨任平生。　　料峭春風吹酒醒，微冷，山頭斜照卻相迎。回首向來蕭瑟處，歸去，也無風雨也無晴。

再檢視，則〈徜徉〉的「戴著斗笠」也近於「一簑」，「迷濛煙霧」亦混融「煙雨」，整首〈徜徉〉處處與〈定風波・三月七日〉呼應，產生「對話」。以〈定風波・三月七日〉為參照，可以說，落蒂是選擇了「竹杖芒鞋」和「一簑煙雨」的淡薄，無意於醲肥辛甘的富厚，他在自我開拓的詩路上「吟嘯且徐行」，便足以豁達地「也無風雨也無晴」，冷對虛空宴樂的眾生，亦冷對「新舊黨」橫加於他的「鞭笞」。落蒂同收於《時光問答》的〈隨想曲之十四〉以「微弱可憐的圈圈」喻指勾心鬥角、猜意鵷雛的文壇，表示「慣看／穿著布衣／遠離干戈的自己」，再次申明了「竹杖芒鞋」、「一簑煙雨」的自在。

落蒂從〈定風波・三月七日〉找到了在詩人江湖的自處之道，此無怪他在〈徜徉〉裡說蘇軾的詩詞能溫柔地「撫慰人們／受傷的心靈」；若然「再三回溯」，落蒂甚至能消釋文章散亡磨滅、無法「留下／任何一朵卑微小花」的憂傷。落蒂在創作路途上「踏著爛泥摸索前行」，或有過「把生命的印記留下」、「在歷史大樹上留下深痕」的渴想，可蘇軾〈和子由澠池懷舊〉不亦說過「泥上偶然留指爪，鴻飛那復計東西」嗎？「印記」、「深痕」俱不足恃，在不能以一瞬的天地之間，又何須太讓它們縈繞於心呢？

綜合來說，在落蒂〈徜徉〉的三層「對話」中，第一層有共鳴，有嚮往；第二層有對立，有哀傷；第三層有化解，有釋然。海南東坡書院之行終究讓落蒂在困惑之中找到突破口，而給予落蒂無窮啟發的蘇軾則恰似華特・班雅明（Walter Benjamin, 1892-1940）所言，雖是無法親手觸及的歷史遙星，卻在幽暗之中成了後人的指路明燈[6]。

6　Walter Benjamin, *The Origin of German Tragic Drama* (London: New Left Books, 1977), p.34.

從寂寞迴圈到瀟灑寫一回：
落蒂創作心路片析

　　文藝創作知音難覓，尤其在資訊爆炸的當代，各式娛樂亂花迷眼，詩家縱辛苦經營、勞神鋪寫出傑作，卻常常沒能讓作品走進理想讀者的眼眸。久而久之，創作備受冷落，幾與自言自語無異。落蒂二○一一年七月二十四日刊於《聯合報》的〈迴〉，即很好地描述出這一境況：

　　　　在下游出海口
　　　　把話語向水來處吼
　　　　一句一句穿過濃霧
　　　　上溯到水源頭
　　　　不旋踵間它變成微音
　　　　隨著流水回到跟前

　　作家立於「出海口」的位置，他們受社會事物觸動，勉力想「穿過濃霧」，直指紛紜背後的真相，甚而「上溯」至造成世間混亂的「水源頭」；於是，他們「一句一句」地把「話語」化成創作，「向水來處吼」，期望能激起人們的關注、省思、改變。然而，滾滾資訊如狂流，「不旋踵間」，作家的呼喊就稀釋變弱，只剩「微音」，且「回到」創作者自己的「跟前」，沒能觸及更多的對象。落蒂曾出版多部

詩集，為政治、戰爭和保育等議題發聲，奈何眾人吃喝如常，世界「濃霧」依然，詩人的文字「變成微音」，難興波瀾，一部分更只「回到」、堆疊在書桌「跟前」——〈迴〉的嗟嘆，固是發自落蒂之內心[1]。

在〈東河舊橋〉一篇，落蒂以「舊橋」自喻，而以「新橋」象徵這時代眩人眼目的新資訊。他寫道：「海岸線那邊拓寬的新橋／吸走了人群／但舊橋仍以獨特的結構和造型／向人們宣誓／自己存在的價值」。由此可見，落蒂的文化自信依然不減，可惜「人群」都被「吸走」，落蒂亦難禁寂寥。他在二〇一一年六月九日《聯合報》登載的〈撫慰〉中表示：

　　訴說不清的心聲

　　像海潮音

　　終日呢喃

　　只是受傷累累的岸

　　還是期盼

　　浪花的撫慰

杜甫（西元712-770年）形容李白（西元701-762年）：「出門搔白首，若負平生志」，這與數十年專注寫詩、「終日呢喃」卻只換來「受傷累累」的落蒂可謂相似。蘇軾嘗自云：「驚起卻回頭，有恨無人省」，落蒂在坦露「心聲」時亦同樣不願「無人省」，他對知音有著「期盼」，祈望後者能夠如「浪花」拍「岸」一般，對持續傾訴如

1　在《落蒂小品集》的〈輸血〉中，作者也歡歡地寫過：「一位作家，也是詩人，正埋首在稿紙上書寫，不，應該說輸血，血液一點一滴從他的筆管中流出，沾滿整張稿紙：『我也不知有沒有幫助到多少人！』」

「海潮音」的文本作出回應，「撫慰」作家「有恨」的心懷。

　　只不過，落蒂常遇見的情況是「觀眾席一直無人」。他二〇一八年九月十九日刊登於《人間福報》的〈空〉說：「上樓，戲才開始／下樓，戲尚未結束／觀眾席一直無人」。這裡的「上樓」、「下樓」含義豐富，往大處想，可以象徵整個人生；往小處說，則不妨把「上樓」解作文本刊出或結集成書，而「下樓」則指在亮相以外的時間裡，落蒂亦一直筆耕，故其致力的文藝之「戲」不是「才開始」公演，就是「尚未結束」地進行著綵排。順此推衍，那冷落的「觀眾席」指的就是讀者未予關注，落蒂在〈撫慰〉渴盼的「浪花」沒能開花——當然，「一直無人」應是落蒂誇大的說法，與現實不盡相符，但其內心的苦悶卻是難以否認的。

　　如是者，落蒂縱曾在《春之彌陀寺》的〈夜歌〉有了「這不是盛唐／我們必須堅持／孤獨的唱」的覺悟，在〈呈給明月——寄風燈諸子〉又立定了「在這荒涼的溪畔／在這破舊的瓦房／我讓我養的鴿子／飛上藍天／／寫出我的心情」的志向，但到了《大寒流》的〈那人〉，他還是喟然嘆曰：「該是離開的時候了／早該揮揮手／告別這困居的田園」，「為何仍留戀那一畝荒田」？

　　到獻給愛妻「靜帆」的《時光問答》一書，落蒂把能夠長期堅守詩園的原因道出。他的〈風雨中的小舟〉以「小舟」自況，謂妻子為掌舵者，讓他「免於沉沒」、失去鬥志。〈風雨中的小舟〉全文是：

　　　　一艘狂風暴雨中的小舟
　　　　妳穩住它掌著舵
　　　　免於沉沒的我仰首
　　　　看見那希望的光
　　　　妳放一個盆栽

讓它自在爭生

從未修剪

妳說你就自在的

橫刀向著天狂笑吧

妳說妳就把去留的肝膽

放在

兩座類似崑崙的山上

而瀟灑一番吧

天黑天亮是大地的

自然

　　寫詩在落蒂的家庭而言實非能夠賺錢的事業，若果沒有妻子的無悔支持，這位丈夫亦無法持久在詩路上前行——據《山澗的水聲》透露，落蒂年輕時就曾有過一段為了生計停掉寫詩的日子[2]。但如〈風雨中的小舟〉所言，「靜帆」對落蒂的志向、興趣「從未修剪」。詩中的「橫刀向著天狂笑吧」、「把去留的肝膽／放在／兩座類似崑崙的山上」等語均出自譚嗣同（1865-1898）的〈獄中題壁〉：「我自橫刀向天笑，去留肝膽兩崑崙。」譚氏原詩極富闡釋空間[3]，而落蒂主要取其「瀟灑」意蘊，表示妻子任自己「自在」發展。

　　這麼看來，〈迴〉中「在下游出海口／把話語向水來處吼」的身

2　落蒂〈生活〉（初刊於1984年2月11日《商工春秋》）：「記得十幾二十年前，我也是『意氣風發』的寫詩少年，在一個鄉下的小學教書，找不到對象，竟麻煩『媒人婆』幫忙，許多女方家長都問：『他一個月這麼少的收入（當時月薪七百八），能養活老婆嗎？』我和小劉去看他舅舅，他舅舅乾脆建議我們：『去賣冰棒算啦！』我一氣之下，就去考大學，連詩也不寫了！」

3　李敖（1935-2018）小說《北京法源寺》以甚多篇幅反覆解讀此詩，而各種釋義皆能自圓其說，因之終無定論。

影就並非只得落蒂孤身一人，〈撫慰〉裡「受傷累累的岸」也並非沒有「浪花」的呵護；〈夜歌〉的「孤獨」、〈呈給明月〉的「荒涼」都變得不那麼徹底——觀眾席一直有人，且透出「希望的光」。詩人的呼喊在現世的狂流中或許容易「變成微音」，但「靜帆」對落蒂說：「天黑天亮是大地的／自然」，鼓勵丈夫順性而為即可。確實，良農能稼而不能為穡，努力播種之後，又何必像〈那人〉慨嘆「荒田」歉收呢？

　　綰合來說，落蒂歷年試圖「穿過濃霧」改良社會，這種執念出發點甚佳，卻也令落蒂不知不覺陷進了「有恨無人省」的心靈「濃霧」之中。在《時光問答》大放光彩的「靜帆」則反而引領落蒂「穿過」這種「濃霧」，讓他在孤寂的時刻總能得到安慰，繼續進步。Das Ewig-Weibliche zieht uns hinan[4]，其此之謂歟？

4　出自《浮士德》（*Faust*）的結尾，中譯為「永恆的女性／引我們飛升」。見約翰·沃爾夫岡·歌德（Johann Wolfgang von Goethe）：《浮士德》，綠原（劉仁甫）譯，修訂本（北京市：人民文學出版社，1994年），頁402。

天地悠悠我獨安然：
落蒂〈夢中登幽州臺〉析說

　　古人夢中得詩，時有所聞，名家如歐陽修（1007-1072）有「夜涼吹笛千山月，路暗迷人百種花。棋罷不知人換世，酒闌無奈客思家」，妙韻天成，若有神助；亦有夢中得句、得字，醒來後續成全篇的，如蘇軾詩題頗長的〈行瓊、儋間，肩輿坐睡。夢中得句云：「千山動鱗甲，萬谷酣笙鐘。」覺而遇清風急雨，戲作此數句〉，以及〈數日前，夢人示余一卷文字，大略若論馬者，用「吃蹶」兩字，夢中甚賞之，覺而忘其餘，戲作數語足之〉。落蒂亦曾在閱讀陳子昂（西元661-702年）〈登幽州臺歌〉後，「做了一個夢，醒來成詩一首」，即〈夢中登幽州臺〉，詩分五章，落蒂謂為有「詩劇」的基礎。其首章是：

　　　　微雨中
　　　　我正在攀登一個臺子
　　　　啊！我仰頭看見
　　　　許多古人
　　　　古人的巨大身影
　　　　佔滿了臺上每一個角落
　　　　我看他們以詩人最多
　　　　我一面爬一面狂喊

請你們下來一個

讓一個位置給我

全身濕透，我仍奮力

往上爬

往上爬

往上爬

回頭，還有來者

他們叫我腳步快些

他們也急切地

往上爬　雖然

臺上沒什麼位置

雖然臺上的人都

昂首　誰也不理誰

他們仍頻頻催促

雖然　雨中我的腳步蹣跚

雖然　他們仍大聲吶喊

而遠方　只有山谷

傳來沉悶的

回聲

　　這個轉化自「幽州臺」的「臺」乃是象徵受人矚目的文壇，上面「古人」雲集，之所以「以詩人最多」，是由於先秦至清代詩歌一直興盛，小說、戲劇等名家相對屬後起（許多小說、戲劇名家本身亦為「詩人」），數量上自難與寫詩有成者相侔。落蒂為現代詩人，自覺也在傳承詩的火炬，於是在致力攀登文壇之「臺」時，也大膽「狂喊」：「請你們下來一個／讓一個位置給我」，想獲得像「古人」名家

一樣顯眼的「位置」。與此同時，想要登上「臺」的現代作家實亦不少，更後於落蒂的同輩、晚輩也在「頻頻催促」，亟欲躋身耀目之處。

在這裡，落蒂反用了陳子昂詩的「前不見古人，後不見來者」，還巧妙嵌入陳子昂的「昂」字，說「古人」都「昂首」不顧，懶理落蒂和眾多現代作者的呼喊。結果，落蒂就在「前見古人」而古人不讓、「後見來者」而來者催逼的狀態下，疲憊不堪，身體有「腳步蹣跚」的乏累，內心有訴求不獲傾聽、唯聞空山「回聲」的苦悶。「微雨」裡，不必「愴然而涕下」，雨點即是淚水。

〈夢中登幽州臺〉的第二章謂：

上臺
我什麼也沒看見
前面一片空茫
後面一片空茫
有一位詩人上來
提著畫筆
畫一個人在落淚
天和地都是一片
霧濛濛
另一位詩人上來
畫一株絲杉
也是霧茫茫
天和地
在臺上
我什麼也沒看見
只有　遠方

　　有人在激辯

　　誰該立銅像

　　誰不該寫傳

　　在此一段落，落蒂終究能登上文壇之「臺」，但和他當初所想不同，「臺」的前、後方皆是「一片空茫」，毫不實在，令落蒂多少感到失望、無奈。同時代的其他詩人也陸續走到「臺」上，有些是書寫人事──「畫一個人在落淚」的，有些則是描摹自然──「畫一株絲杉」的，可他們的作品空空洞洞，都是如「霧」般「濛濛」、「茫茫」，亦無分量。只不過，能讓人刮目相看的作品迄未寫出，諸多作家先就已亂紛紛地「激辯」起來，為誰該佔據文學史的篇幅爭執起來，熱衷於「立銅像」和立「傳」，他們的求名之心引起了落蒂的注意。

　　到了〈夢中登幽州臺〉第三章：

　　細雨仍然迷濛

　　我什麼也看不見

　　只聽見

　　臺前有人在論劍

　　甲說他尚未表演完畢

　　評者說招式老套可以下去了

　　乙說他正努力表演

　　評者說不必了火候不足

　　還有丙　還有丁

　　還有　還有　還有

　　評者說還有誰未上場

　　臺上臺下靜寂無聲

只有評者一再發問

可還有比試的人

細雨仍然迷濛

臺上的我

也消失了

　　照中國傳統來說，《左傳》有云：「大上有立德，其次有立功，其次有立言，雖久不廢，此之謂不朽。」藉由修養道德、建立功業、創作著書而留名，這是古來有志者的恆例，故第二章眾詩人的「激辯」其實並不全然使人側目。可惜，誠如歐陽修〈送徐無黨南歸序〉所提出：「施於事者，有得有不得焉；其見於言者，則又有能有不能也」，一心立功、立言者，有時也容易枉費畢生努力，最終徒「歸於腐壞澌盡泯滅而已」。

　　歐陽修說，立言「有能有不能」，我把這種「不能」分為三個層次：最優一層者確曾譜出卓異之篇，奈何敵不過時流淘洗，著作在歲月長河中因著種種理由失佚，〈送徐無黨南歸序〉慨嘆他們「文章麗矣，言語工矣，無異草木榮華之飄風，鳥獸好音之過耳」；較次一層，是能力既佳，又肯黽勉著述者，但他們身處的時代有著種種有形、無形的限制，以致他們的作品無法獲得充分肯定，因之也流傳不下去；最次一層，則是作者本身的能力不高，雖然連篇累牘地寫，但質素欠奉，自然會遭忽略。

　　落蒂〈夢中登幽州臺〉第三章正是反映致力立言卻難以「不朽」的現象，且同時對應「較次一層」和「最次一層」作家的情形。一方面，如果我們視第三章的「評者」是公平公正的，則各個表演者的水平確有不足——「甲」的「招式」著實「老套」，「乙」口頭上「說」自己很「努力」，實際卻無所用心，而「臺上臺下靜寂無聲」的眾詩

人也都是自知技藝低劣而不敢獻曝。若是這樣，「甲」、「乙」等人都屬於「最次一層」的寫手，他們參與第二章的「激辯」，爭執「誰該立銅像／誰不該寫傳」，亦只能是貽笑大方吧。

　　但另一方面，我們也可視第三章的「評者」是私心自用——他們居於文壇的高端位置，不思獎掖後進，反而著力貶抑其他作家，以之鞏固自身地位。例如，「甲」根本「尚未表演完畢」，前途無限，「評者」卻已先封殺之；「乙」確乎「努力」不懈，「評者」卻攻擊他不夠成熟、「火候不足」，無視其進步。後續的「丙」、「丁」等人亦被連澆冷水，一眾曾想「比試的人」唯有默然「靜寂」了。這樣看來，「甲」、「乙」等「表演者」並非能力不夠，而是際遇不好，因而成了「較次一層」的詩人，被當代的制約堵住了「不朽」的路途——落蒂大概亦把自己歸入這一類作家，他寫道：「臺上的我／也消失了」，隱隱感到自己難以藉著述顯名於後。

　　〈夢中登幽州臺〉的第四章謂：

　　時間
　　在臺前畫
　　一
　　條
　　直
　　線

　　只有臺子巍峨矗立
　　所有的人
　　所有的時間
　　都成為一個小點

一個個小點

連成

一

條

直

線

　　勤奮著述的落蒂受客觀條件限制，較難揚名，但他另有自處之
道。說到底，據詩的第二章所說，他並非參與「激辯」的眾人之一，
對「立銅像」、「寫傳」等事並不太過熱衷[1]。

　　他的〈靈隱寺〉一詩最能道出其心思：「寺前有一個小和尚在念
經／接著又來一個小和尚／直到成群的小和尚／念經聲彷彿夏日雷鳴
／卻只有一個大和尚在寺旁／建了一座紀念公園／有一群詩人在寫詩
／再加入更多詩人寫詩成千上萬的人寫詩／卻只有一人建了碑寫了史
立了傳／有一群人在打仗　死屍佔據了原野／親人哭聲震天白色十字
架佔滿墓園／也只有一位將軍／風風光光的被歌詠／被稱為民族英
雄」，以獲建紀念公園的名僧和受封民族英雄的軍人對照，詩壇的
「一將功成萬骨枯」亦屬常態，並無特殊，落蒂可謂是「處之有素
矣」，豈會過於激動？〈靈隱寺〉的結尾部分更寫：「靈緩緩上升／隱

1　以卡蘿・皮爾森（Carol S. Pearson, 1944- ）的「內在英雄」模式看，落蒂在《春之
　　彌陀寺》、《詩的旅行》等一直保持「天真者」狀態，並不太著意於留名；後來在
　　《大寒流》，落蒂才較集中地浮現「稱斤論兩」的焦慮，似乎化身成「鬥士」，卻又
　　有爭之而不得的「流浪者」徬徨，到《鯨魚說》和《時光問答》，他則在幾番掙扎
　　後轉回淡然，並續有突破。所以應當注意，落蒂各期作品對「立言不朽」的看法存
　　著差異。參考Carol S. Pearson, *The Hero Within: Six Archetypes We Live By*, 3rd ed.
　　（New York: HarperOne, 2013）；蕭蕭（蕭水順）：〈歷經春和夏艷秋熟冬寂的《大寒
　　流》〉，《創世紀詩雜誌》第192期（2017年）：頁159-161。

沒在漂流的雲朵中／寺前已空無一人／鐘聲緩緩／敲／響」，暗示求名虛妄，毀譽最後還是歸於無有，像易散之雲，似空落之寺，唯有永恆的「鐘聲」不絕地提醒世人，在「緩緩」的時流之中，一切皆趨於平淡，甚至單調。

〈夢中登幽州臺〉的第四章與〈靈隱寺〉所思一致，人們重視「時間」這「一／條／直／線」，盼望在生命結束之後，名聲仍能與「時間」一同繼續延伸；但倒過來，「時間」的無窮延展終必使「所有的人」，甚至人定的、「所有的時間」之觀念（例如時期、世紀、朝代等）都壓縮成無足輕重的「一個個小點」，不再有任何矚目之處；那些自視拔群的「功」與「名」，結局還是將變得扁平，如「一／條／直／線」，如〈靈隱寺〉沒有起伏的「鐘聲」。

不是嗎？歐陽修說：「予讀班固藝文志，唐四庫書目，自三代秦漢以來，著書之士，多者至百餘篇，少者猶三、四十篇，其人不可勝數；而散亡磨滅，百不一、二存焉。」以班固（西元32-92年）為起點計，歐陽修距其一千年，而今日距歐陽修的時代又已一千年，宋朝保存下來的「三代秦漢」作品，今日有幾多復已「散亡磨滅」了呢？「時間」的「直／線」不停拉伸，再數個一千年後，或許人類文明亦已湮滅，誰還來記住歐陽修、石介（1005-1045）和楊億（西元974-1020年）的分別呢？一切一切，都平如「一／條／直／線」——在落蒂看來，能夠一直「巍峨矗立」的「臺子」唯有真實的永恆，而非文壇，連前述「最優一層」的作家亦根本無法「不朽」。

因此，落蒂在〈夢中登幽州臺〉的第五章如此總結：

在臺上
我既看見古人
又

看見來者
你呢？
許多人發問
你看見什麼
你看見什麼
你看見什麼
許多人回答
我什麼也沒看見
我什麼也沒看見
我什麼也沒看見

回到文壇之「臺」，落蒂之「看見古人」，指的是隨手能翻閱文學史，回顧過去；但他更「看見來者」，知道「立銅像」、「寫傳」的終極虛妄。沉酣求名的人爭相「發問」，持續爭競，可是到底還是「沒看見」──有些是飽受「評者」打擊，「沒看見」留名的希望，因而沮喪；有些是「沒看見」立言的不可恃，以致貪求不已，反失去下筆的初心；有些，則可能是裝作「沒看見」，喜孜孜地藏著顯達的秘訣，不樂意分享其鑽營文壇的門道，兀自得意。林林總總，各人有各人的形態和選擇，誰都不必為誰「愴然而涕下」──「念天地之悠悠」，落蒂自有「獨」立其間的心情。

The Yayoi Kusama Code:
落蒂〈小女孩心中密碼〉破解

　　丹・布朗（Dan Brown, 1964-　）的《達文西密碼》（*The Da Vinci Code*）風行全球，小說中，羅浮宮館長賈克・索尼耶赫（Jacques Saunière）在地上留下 P.S. Find Robert Langdon 一語，刑警伯居・法舍（Bezu Fache）只從表面看，莫曉其意，以為那僅是指出犯人姓名的證詞；羅柏・蘭登（Robert Langdon）和蘇菲・納佛（Sophie Neveu）卻理解到 P.S. 的深層指涉，從而展開了破解「密碼」的曲折劇情。

　　落蒂〈小女孩心中密碼〉收於《時光問答》之中，有意致敬《達文西密碼》，乃於篇末提及藝術家草間彌生（KUSAMA Yayoi, 1929-　），以與李奧納多・達文西（Leonardo da Vinci, 1452-1519）對舉。表面上，落蒂不過是寫了「靜帆」和孫女「小 CC」相處的日常片段，其內裡卻彷彿《達文西密碼》，暗藏著諸多基督宗教典故。〈小女孩心中密碼〉全篇是：

> 老奶奶要去三天同學會，小孫女每天寫：我討厭星期二，我討厭星期二，我討厭星期二──
> 老奶奶問：
> 小乖乖，妳討厭什麼啊！
> 小女孩：討厭同學會，因為星期二奶奶同學會不帶我去，我討厭星期二。

後來又每天說：我討厭星期一，我討厭星期一，因為星期一明天就是星期二。

老奶奶又問：那妳喜歡什麼啊？

小孫女：我喜歡星期四，我喜歡星期四，星期四奶奶回來會帶三天禮物給我。

三天同學會結束了，老奶奶回到家看到小孫女寫滿：我喜歡，我喜歡，我……

老奶奶拿出一大包等路：小乖乖，妳喜歡這些……

不，不，小女孩衝過來抱住老奶奶：我喜歡奶奶，在老奶奶臉上猛親──

啊！小女孩心中藏著多少草間彌生的萬千小圓圈密碼啊！

單從淺層看，這篇文字已有其動人之處。「小 CC」有點像韋莊（約西元836-910年）〈與小女〉的孩兒：「見人初解語嘔啞，不肯歸眠戀小車。一夜嬌啼緣底事，為嫌衣少縷金華。」只是，「小 CC」不戀「小車」，不慕「金華」，相較起來，似更多一分純真天然──其撒嬌、生悶氣、寫「我喜歡」、抱住奶奶猛親等，盡皆逗趣可愛，使人覺得溫暖。

只不過，追求文字淺白、含義精深的落蒂並未停留在報導事實這一層面，其選出記述的「靜帆」和「小 CC」言行，全都與《聖經》（*Holy Bible*）有所呼應──在創作《時光問答》時，落蒂確實和基督信仰走得較近，其〈隨想曲之八〉就曾寫道：「我夢中的月光／那樣柔和無塵透明的白／在那樣的境界中我找到／那失落的羔羊」，喻指從耶穌（Jesus Christ）處獲得啟示與安慰[1]。

---

1 詳參《時光問答》附錄拙著〈宗教的呼召 ── 落蒂「隨想曲」略讀〉一文。此

　　湯瑪斯・佛斯特（Thomas C. Foster, 1950- ）曾開列「基督的特徵表」，以助查找文學文本中「基督的化身」。他以《老人與海》（*The Old Man and the Sea*）為例：一、老漁夫和巨魚搏鬥，雙手受傷，肋骨也似乎折斷了幾根，這跟基督受苦難時的創痕位置相應；二、老漁夫跟巨魚的角力持續三天，以致眾人以為他已身故，因此其歸來一如重生，這亦與基督死後三日復活相似；三、老漁夫背負船桅杆爬坡回家，類同於基督背負十字架登各各他山；四、這之後，筋疲力竭的老漁夫躺到床上，雙臂攤開，也儼如基督被釘的姿勢；五、原來懷疑老漁夫的村民都恢復了對他的信心，就如基督為沉淪的社會帶來希望。此外，在捕魚、留下箴言和受到孩子歡迎這幾方面，老漁夫和基督形象亦甚一致。凡此種種，都讓《老人與海》的老漁夫配稱為「基督的化身」。佛斯特指出：「我們關注的是抽象的象徵，而非具體的事實。」他並提醒：「基督的化身不一定要跟基督一模一樣，否則他就是基督本人，不是基督的化身」[2]。

　　借重於佛斯特的分析方法，〈小女孩心中密碼〉的「靜帆」便是基督化身。初步觀察：一、她參加同學會而不能帶「小 CC」同去，這是耶穌在〈約翰福音〉（"Gospel of John"）第八章說的：「我所去的地方，你們不能到。」二、同學會為期三天，之後「靜帆」才能與「小 CC」相見，這也對應〈馬太福音〉（"Gospel of Matthew"）十六章耶穌「第三日復活」的預言。

　　相對應地，「小 CC」則是耶穌信徒彼得（Saint Peter, 1-67）的化

外，楊允達（1933- ）在《時光問答》的序裡亦同意基督宗教對此時期之落蒂產生影響。

2　上述內容，見湯瑪斯・佛斯特（Thomas C. Foster）：《教你讀懂文學的27堂課》（*How to Read Literature Like a Professor*），張思婷譯（新北市：木馬文化事業股份有限公司，2011年），頁166-171。

身：一、在〈馬太福音〉第十六章，彼得獲知耶穌要上耶路撒冷受苦，三天後才復活，他連忙拉住基督，大聲反對說：「主啊，萬不可如此！這事必不臨到你身上。」這和「小 CC」得悉奶奶要去同學會而鬧情緒、連書「我討厭星期二」一致。二、「小 CC」因為奶奶回家而重複寫「我喜歡」，乃是照應彼得在耶穌復活後三度向主表示愛祂——〈約翰福音〉第二十一章記載，「彼得說：主啊，是的，你知道我愛你……彼得說：主啊，是的，你知道我愛你……主啊，你是無所不知的；你知道我愛你。」

除此之外，落蒂寫「靜帆」拿回來「一大包等路」，「等路」即手信，通常是食物[3]，這令人想起耶穌以餅和魚餵飽數千人的《聖經》敘事。在〈約翰福音〉第六章，耶穌曾說道，「我實實在在地告訴你們：你們找我，並不是因見了神蹟，乃是因吃餅得飽。」他教導那些為了餅而來追隨自己的人，應該調整所渴求事物的次序，莫把「得飽」看為至重。在〈小女孩心中密碼〉裡，「小 CC」面對誘人「等路」而能溫心表示：「不，不……我喜歡奶奶」，視「靜帆」比零食重要得多，可算是象徵著實踐基督的訓誨。

最後，落蒂寫「小 CC」往「靜帆」的「臉上猛親」，這又與〈路加福音〉（“Gospel of Luke”）產生連結。〈路加福音〉七章記述，耶穌往法利賽人西門（Simon the Pharisee）的家作客，西門卻沒有給他洗腳、抹頭和行親嘴禮，原因是西門對耶穌的「愛」不夠；相反，奶奶一到家，「小 CC」就「猛親」她，這是強調她對「靜帆」的愛甚深。

統合來說，在落蒂詩裡，「靜帆」不能帶「小 CC」參加同學會，要在三天後才回歸，其中實有著與基督的聯結；「小 CC」不樂意「靜帆」參加同學會，以及在知道奶奶回來後連寫「我喜歡」，又都和耶

---

3 跟落蒂確認，當時「靜帆」帶回的「等路」是零食。

穌的弟子彼得有著連繫。同時，「小 CC」愛奶奶多於愛零食，乃是與那些跟隨耶穌只為吃飽的人相背；她「猛親」奶奶的臉，即和愛主不多的法利賽人西門構成對比──這兩處「反寫」，都進一步確立「小CC」為愛主信徒的化身。

從表層看，透過說話描寫、行動描寫，「小 CC」的童稚純真已躍然紙上；但〈小女孩心中密碼〉確也設了「密碼」，需要以《聖經》來解鎖。透過彼得愛主的參照，「小 CC」對奶奶的愛更顯深厚，看似平白的詩文本也更為紆餘委備，有著更耐思索的廣度與深度。

草間彌生，有一組作品名為「無限的愛」。

　　仔細審視，羅希爾・范・德・魏登（Rogier van der Weyden, 1399-
1464）的《卸下聖體》（*The Descent from the Cross*）確實令人戰慄：
耶穌基督的屍身懸吊在十字架和地表之間，欠缺支撐；其母馬利亞
（Mary）癱倒昏厥，無法扶起；旁觀眾人皆垂淚涕泣，愁眉不展；
抹大拉的馬利亞（Mary Magdalene）站在最右方，她的身體因恐懼而
抽搐，雙手絞纏，儼如遭鎖鏈束縛，咽喉也彷彿被什麼捏住，承受著
多重痛苦。偪仄的畫面上，藝術家還不忘各種細節：骷髏與人骨散
落、地面裂開；除卻具悼念性質的黑紗外，其他衣料也都層層堆積，
營造出哀傷疊加的沉重之感[1]。

1　法蘭絲瓦・芭柏-嘉勒（Françoise Barbe-Gall）：《如何看懂一幅畫》（*How to Look at
a Painting*），鄭柯譯（新北市：閣林文創股份有限公司，2015年），頁58、62。

圖一　哀傷疊加的畫面

（Rogier van der Weyden, *The Descent from the Cross*, c. 1435）

　　新詩之中，疊加沉重意象以製造畏怖效果的傑作亦不少。例如，埃里希‧弗羅姆（Erich Fromm, 1900-1980）曾在《人心》（*The Heart of Man*）一書述及戀屍癖者的種種精神表現[2]，包括喜歡黑夜、海洋、洞穴，喜談疾病，以及對殘障的形體異常迷戀等。將這些要素引進文本之中，即構成所謂「戀屍書寫」，能給予讀者一定的震撼[3]，而

2　埃里希‧弗羅姆（Erich Fromm）：《人心》（*The Heart of Man*），孫月才、張燕譯（北京市：商務印書館，1989年），頁27-29。

3　應當留意的是，「戀屍癖」在現實社會許是一種變態心理，而「戀屍書寫」卻並無貶義，相關作者更可能是以批判的角度來對待種種「戀屍癖」的精神表現。無論如何，「戀屍書寫」具有特殊的藝術魅力，名家如莫言（管謨業，1955- ）、宋澤萊（廖偉竣，1953- ）、白先勇（1937- ）及姜貴（王林度，1908-1980）等，在創作

沙白（涂秀田，1944- ）錄入《河品》的〈黑門──死亡坐在愛情的
座位上〉便屬其中佳篇：

> 最後一朵彩霞墜於無底的大海
> 一群痲瘋症的雲，染了瘟疫
> 黑色的風，狂嘯而來
> 黑貓的舌，漫舐黑牆
>
> 敲不響一季的廢墟枯井
> 卻有隆隆的迴音，撲面而來
> 喜馬拉雅山的深洞
> 急欲飲一絲陽光
> 亞美里亞納海溝的沙粒
> 也急欲徜徉於碧藍水面
>
> 而太陽羞赧
> 　水面太柔
> 於是，黑貓企圖以頭，撞碎黑牆
> 企圖也會殺死一切的黑
> 黑與黑的搏鬥，劇烈而荒謬

時皆曾借用「戀屍癖」。可參考李潔非：〈莫言小說裡的「惡心」〉，《莫言研究資
料》，孔範今、施戰軍主編，路曉冰編選（濟南市：山東文藝出版社，2006年），頁
190-198；黃錦樹：〈從戀屍癖大法官到救世主──論附魔者宋澤萊的自我救贖〉，
《謊言或真理的技藝：當代中文小說論集》（臺北市：麥田出版，2003年），頁307-
337；施懿琳：〈白先勇小說中的死亡意識及其分析〉，《臺灣的社會與文學》，龔鵬
程編（臺北市：東大圖書股份有限公司，1995年），頁195-234；及余境熹：〈諧樂的
背反：姜貴短篇小說書寫特色總論〉，《臺灣文學與文化創意國際學術研討會論文
集》，林婉芳主編（臺中市：修平科技大學應用中文系，2012年），頁174-189。

　　不難看出，沙白細緻地讓弗羅姆重點指出的黑夜、海洋及洞穴三要素互相交織：詩首「無底的大海」吸盡最後一絲霞彩，乃是藉幽邃之海洋鋪展出陰森的黑夜；黃昏過後，「風」、「貓」和「牆」皆是「黑」色的，這便加強了夜的滲透；而「廢墟枯井」、「喜馬拉雅山的深洞」均屬洞穴，後者與歸類於海的「亞美里亞納海溝」同樣因深不見底而叫人感到可怖；此外，「喜馬拉雅山的深洞」和「亞美里亞納海溝」俱因「太陽羞報」而未能如願沐於陽光之下，它們陷進一片漆黑，永遠受著夜的支配。與此同時，沙白還將疾病引進對自然界的描寫之中，說雲染上了「瘟疫」及能夠導致形體殘缺的「痲瘋症」，這都和弗羅姆的理論相和相應。

　　另一邊廂，落蒂收進《時光問答》的〈閑雲飛過〉亦有著使哀傷疊加的設計；不過稍異於「戀屍書寫」，落蒂乃以連續的否定來達成此一效果。茲先引〈閑雲飛過〉如下，以便參閱：

　　　　水是一面明鏡嗎
　　　　照著
　　　　虛無的我
　　　　浮起
　　　　一片恐怖的山色
　　　　刻痕纍纍
　　　　沒有山高聳容顏
　　　　沒有樹林翠綠的亮麗
　　　　而是一片滿是雲霧的湖光
　　　　魚群不再悠遊
　　　　荷葉枯萎，菱角未結果
　　　　一枝殘荷在晚風中

一切停頓了

鐘聲在遠方響著

那片飄過我心空的雲

逐漸

遠去

　　落蒂開篇即寫「我」如「閑雲」一般「虛無」，這是對充實的否定，而詩行「浮起」更強化這種「虛無」狀態。接下來，凡是負面之物，如「恐怖的山色」、「刻痕纍纍」等，皆在目前，而美麗的「山高聳」、「樹林翠綠」等，則都被「沒有」否定，隱沒無跡，詩的畫面非常黯淡。

　　再之後，落蒂寫湖上「滿是雲霧」，乃係移用宋人詩「忽驚雲霧蔽日月，一落湖海潛煙霞」、「尋常西湖月，雲霧多襲明」、「雲霧欺日月」和「湖闇兼雲霧」等說法，表示景物一片昏暗，否定了「湖光」之「光」。至於「魚群不再悠遊」，則是反用《莊子》〈秋水〉的「儵魚出遊從容，是魚樂也」，否定了柳宗元（西元773-819年）〈至小丘西小石潭記〉那種魚兒「似與遊者相樂」的可能；植物方面，「荷葉枯萎，菱角未結果」出自杜甫〈曲江三章，章五句〉其一：「曲江蕭條秋氣高，菱荷枯折隨風濤。游子空嗟垂二毛。白石素沙亦相蕩，哀鴻獨叫求其曹。」而「一枝殘荷在晚風中」則見於南唐中主李璟（西元916-961年，西元943-961年在位）的「菡萏香銷翠葉殘，西風愁起綠波間。還與韶光共顦顇，不堪看。」在這裡，落蒂不僅否定了動植物的生氣，且藉由典故，添上了「垂二毛」、「韶光共顦顇」的日暮之悲，以及「隨風濤」、失群「獨叫」的無朋寂寞，暗藏了種種惹人「愁起」的元素。

　　可以說，上述沙白的〈黑門〉近似《卸下聖體》之聚攏骷髏、眼

淚、死亡和肢體扭曲，落蒂的〈閑雲飛過〉則彷彿懸於半空的耶穌身體，皆能讓讀者感受到作家所欲傳達的沉重氣息。然而，在基督宗教信仰中，耶穌之死是為世人贖罪的關鍵環節，《卸下聖體》所表現的場景一方面極度哀戚，一方面又是人們獲得無窮喜樂的開端，其中有著特殊的二重性[4]。

回視沙白和落蒂的詩文本，穿破陰鬱的曙光一樣隱伏在詩行之間。沙白在〈黑門〉寫了一頭「黑貓」，牠最初只「漫舐黑牆」，到末段卻有了「企圖以頭，撞碎黑牆」的衝勁。以埃德加・愛倫・坡（Edgar Allan Poe, 1809-1849）著名的短篇小說〈黑貓〉（"The Black Cat"）為參照，「牆」乃是死亡之所在，「黑貓」的「企圖」實可被視為對死亡意象的挑戰，以「殺死一切的黑」、打破長夜、海洋和洞穴的陰翳為目標。在此處，「黑貓」與「黑牆」的「搏鬥」或許會讓人感到「荒謬」，但誠如顧城（1956-1993）〈一代人〉所言：「黑夜給了我黑色的眼睛，／我卻用它尋找光明」，「黑貓」持續「劇烈」地撞，覓尋出路，這種求生的意志本身即是對「戀屍」世界的最大顛覆。

在落蒂的〈閑雲飛過〉最後一節，起初詩人仍說「一切停頓了」，以之統括前文對生機的否定，多少還含藏著消極意態。可是，閴寂的環境同時又為落蒂提供靜定生慧的空間[5]，當暮鼓晨鐘的「鐘聲在遠方響著」，頓悟的落蒂只覺積於心中的煩惱之「雲／逐漸／遠去」。

面對「荷葉枯萎」，落蒂是像李商隱（約西元813-約858年）那樣，懂得在「秋陰不散霜飛晚」之際，灑脫地享受「留得枯荷聽雨

4　中世紀也有傳說指，留下原罪的亞當（Adam）其實是被埋葬在耶穌的受難地，亞當墳上的樹木被挪來製成釘上基督的十字架，故而耶穌的犧牲聯繫了「原罪」和「贖罪」。參考芭柏-嘉勒：《如何看懂一幅畫》，頁63。

5　晁迥（西元951-1034年）《昭德新編》謂：「水靜極則影像明，心靜極則智慧生。」前句亦恰可回答落蒂〈閑雲飛過〉首行之問：「水是一面明鏡嗎」？

「聲」呢？還是像白居易（西元772-846年）的比喻，「似彼白蓮花，在
水不著水」，超邁於世界，不再心隨境轉？落蒂在詩中沒有細加披
露，但順著「鐘聲」和「雲／逐漸／遠去」等字眼聯想，姑引趙嘏
（約西元806-約853年）一詩如後，並作本篇之結：

> 五看春盡此江濱，花自飄零日自曛。
> 空有慈悲隨物念，已無蹤跡在人群。
> 迎秋日色簷前見，入夜鐘聲竹外聞。
> 笑指白蓮心自得，世間煩惱是浮雲。

標題・語言・結構：
落蒂新詩與電影

　　落蒂對電影常有獨特的感觸，他的散文如〈巴頓將軍〉、〈生命探原〉、〈人性的怪胎〉、〈我的祈禱詞〉等，就都曾藉電影來議論抒情。落蒂在為作品命名時，亦會參考電影標題，例如散文集《追火車的甘蔗园仔》是取法《追風箏的孩子》（ *The Kite Runner* ），《大寒流》的詩輯「失落的地平線」是來自《消失的地平線》（ *Lost Horizon* ）。就詩的內容說，落蒂《一朵潔白的山茶花》第三輯可能是最密集地與電影相聯。

　　首先是借用電影戲名，淺顯者如〈宏村古鎮〉：「最豪華的一間古宅／子孫早已被迫流落他方／導遊又感慨的說／早已變成公產／吞雲軒只留下／昔日鴉片煙具和擺設／排雲閣也未聞／麻將聲／不過聽說這裡／還是藏龍／臥虎」。李安（1954- ）電影《臥虎藏龍》在宏村取景，是以落蒂很自然地把「藏龍／臥虎」收於詩中。同時，「藏龍／臥虎」亦屬一語雙關，除了與電影名稱相涉外，其本義即指尚有人才深藏不露、未被發現，配合詩作上文所寫的人去樓空，「藏龍／臥虎」點出了吞雲軒、排雲閣雖略顯荒涼，但宏村仍予遊客地靈人傑之感。

　　較隱晦者，則可舉〈天龍屯堡——遊貴州小記〉為例，其開首一句為：「那時『地鐵』還在上演」，讀者需要按圖索驥，溯洄出處，才能破譯「地鐵」乃指二〇〇六年上映的《穿越時空的地鐵》（ *Metro ni Notte* ）。但可喜的是，讀者若能理清「地鐵」之意，即可明瞭落蒂

「穿越時空」的暗示，再接讀後文：「看不懂劇情／沒有口白／導遊說那是從明朝／朱元璋帶來部隊／開始在貴州構築城堡／堡中的自衛力量」，就真的如隨著落蒂神遊故國，坐上文本這一列特快車，穿越到明初貴州建制的時代去。由此可見，落蒂亦藉電影戲名幫忙推動詩的情節。

落蒂《一朵潔白的山茶花》第三輯又涉及不少電影語言，像是〈頤和園〉連綿出現的「遠方的鏡頭／像三D立體電影／不斷播放／一種仍然是當年／王朝的景象」和「水中建物／不斷播放／權力的意象」等，將清王朝的輝煌化為記錄已逝光影的「電影」，巧妙地暗寓滿人政權消散如煙，空餘遺跡，再以「一行人走著／前進或者後退／只像影片的放映或倒帶」，道出落蒂對歷史興亡、世代輪替的感嘆，因鋪陳得當，能讓讀者穿過畫面，進一步思索有限的人生。至於〈登黃鶴樓〉一篇，落蒂寫「恐會失去昔人乘鶴歸來／停在樓頂的鏡頭」，此「鏡頭」可作拍照解，但亦不妨視之為以電影鏡頭捕捉連貫的動作，更好地想像「乘鶴歸來」的翩然之美。

忽然想起落蒂的另詩〈府城黃昏〉，該篇運用了電影鏡頭交切的技法，將「現今的街頭／燈紅酒綠」、街上常有一群群「飆車少年／呼嘯而過」的情景，與歷史上日本人拔出軍刀侵略臺灣、西班牙人「提著骷髏頭」殺戮島民之事並列，產生蒙太奇的效果，引起人們對下一代品性的關注——部分讀者或會覺得落蒂對世風的憂心太過誇張，然而我們從中亦不難窺見落蒂的淑世情懷，及其焊接異質事件的技巧。

在給詩篇添上起伏的波瀾時，落蒂的寫法偶爾會與周星馳（1962- ）驚喜連連的電影冥契暗合。周星馳電影常見一種「反轉再反轉」的結構，典型一幕，是《行運一條龍》裡 Fanny 看似與阿福對視，其實是緊盯後面戴著頭套的吳留手；看似對吳留手生情，其實是

對頭套上的何金水肖像一見鍾情；看似與何金水情投意合，但又不忍讓阿福傷心，決定和後者復合；看似不忍讓阿福傷心，但在何金水說完告別的話後，又禁不住與何金水擁吻⋯⋯

　　落蒂的〈登滕王閣〉與之結構相似，先是「一群行程匆匆的詩人／沿著滕王閣的樓梯／一級一級攀登」，看來是和王勃（西元650-676年）愈來愈接近；但之後，「途中有人欲尋找王勃／導遊說他小酌去了」，又把王勃推遠了點；不過導遊補充說：「若小睡片刻／當有秋水共長天的好詩」，復將淺眠酒肆的王勃召喚過來；可是，在滕王閣上，落蒂發現「沒有落霞也沒有孤鶩／只有貨船一艘艘駛過／還有各樓層商店區的叫賣聲」，古典的美景似乎被現代的商業活動干擾破壞了，他自然要「拿著空白的稿紙／苦苦尋覓詩句不得」；最終教人驚訝的是，落蒂「無奈間」把稿紙「撕得粉碎」，「一揚手」把紙屑丟掉，陡然一個喜劇反轉，那紙屑突化作「晚春最後一場雪／竟從最高層飄然落下」，遙接了王勃筆底優美的畫面。這種一波三折的電影化處理，令落蒂的詩充滿戲劇感，情節引人入勝，極其新鮮。

　　順帶一提，落蒂的〈印象灕江──記觀賞《印象‧劉三姐》〉亦收於《一朵潔白的山茶花》第三輯，其後記清晰標示了該篇之創作背景：「與文友遊灕江，觀賞大導演張藝謀執導大型山水歌舞劇」。如所述，《印象‧劉三姐》的形式雖非電影，卻是由著名的電影大導張藝謀（張詒謀，1950- ）執導。有心的讀者可續行探索，看看該次的觀影經驗又是如何給落蒂留下了精彩的「印象」。

無力與孤獨：
落蒂〈疫情天〉與《青少年哪吒》

　　落蒂〈疫情天〉在二○二一年六月九日刊於《人間福報》副刊，內容貼近當下，除了有防疫時期「彷彿空城」的臺灣景觀、「綁滿了警戒線」的公園設施，以及民眾接受「篩檢」等舉措之外，更順手拈來，拿五月二十六日高懸夜空、象徵不祥的「超級血月」入詩，拋出一句「更讓月全蝕出現紅得嚇人的大圓球」——由於這些元素與人「近在咫尺」，讀者很容易進入落蒂營造的情境。〈疫情天〉全文是：

　　　日夜都下著雨
　　　心情也下著雨
　　　路燈
　　　仍在街頭閃亮
　　　光芒有些微弱
　　　逐漸暗淡
　　　陽光
　　　也或有或無
　　　更讓月全蝕出現紅得嚇人的大圓球

　　　孔雀不再開屏
　　　公園涼亭座椅

綁滿了警戒線
兒童遊樂器材哭起來

偶而推開窗戶
看不到行人
彷彿空城
歷代的廢墟
吹進來的風要篩檢
檢出一絲憂愁和淚痕

在烈火焚燒中尋灰爐
尋找禿鷹啄過的記號
仰望只見天空中的雲朵
飄來一陣陣嘲諷聲

　　起首兩行「日夜都下著雨／心情也下著雨」使人想到蔡明亮
（1957- ）常常濕漉漉的電影，其一九九二年的處女作《青少年哪
吒》即為一例。落蒂詩所寫的「路燈／仍在街頭閃亮／光芒有些微弱
／逐漸暗淡」，適好可對應《青少年哪吒》裡阿澤和阿桂進入賓館，
小康在下雨「街頭」覷準機會，於「路燈」的微微「光芒」映照中破
壞阿澤機車的一幕。
　　阿澤和阿桂發生關係後，阿澤先醒來，並在深宵「推開」賓館房
間的「窗戶」——電影雖沒接著拍攝窗外風景，但可以想像，那時街
上應是「看不到行人／彷彿空城」。其後阿桂也醒了，但阿澤已經離
開，她「推開窗戶」，想要尋找阿澤的身影，卻一樣是「看不到」任
何人。結果，阿桂在賓館苦候阿澤不回，抽了滿滿一煙灰缸的菸——

她抽的不是菸，是心靈「彷彿空城」、「廢墟」的寂寞。

　　另一邊廂，小康的情感也頗耐人咀嚼。他住進阿桂旁邊的房間，等到早上，便「推開窗戶」觀察發現機車被弄壞的阿澤如何反應。由於阿澤曾得罪小康父親，表面上，小康是在為父報仇。因此，在眼見吃盡啞巴虧的阿澤暴跳如雷時，起初小康也高興得手舞足蹈；但隨即，暗自喜歡阿澤的他又脫力地躺在床上，陷進無盡的空虛之中，雙眼竟能「檢出一絲憂愁和淚痕」。

　　對讀至此，《青少年哪吒》的三名主要角色——小康、阿澤和阿桂都曾「偶而推開窗戶」，然後或看見「空城」，或困進內心的「空城」，被寂寞感重重包圍著。回視落蒂〈疫情天〉的第二節：

> 孔雀不再開屏
> 公園涼亭座椅
> 綁滿了警戒線
> 兒童遊樂器材哭起來

　　這裡的「公園涼亭座椅」代指長輩，他們設下各種「警戒線」，令象徵小康和阿澤的「孔雀」不易「開屏」。先說阿澤，他和朋友阿彬慣以盜竊取財，後卻因踏過「警戒線」，開罪黑幫，以致阿彬被打個半死，阿澤亦不得不帶著朋友落荒而逃。回到住宅，曾一度意氣昂揚地陪阿桂在機車上「開屏」的阿澤，此際深感前路茫茫，不知何處可容身，竟恢復「兒童遊樂器材」的單純，抱著阿桂、像個小孩般「哭起來」。

　　至於小康，圍著他的「警戒線」主要是社會的期望。小康對讀書興致缺缺，不想花時間上補習班，他羨慕的是能在機車上彷彿「開屏」的阿澤。可是，當小康退出補習班，放棄聯考，觸著其父的「警

戒線」時，父親便把他逐出家門。另一方面，小康自知和阿澤的生命難以重疊，他不僅從未表白，更嘗試去電話交友中心結識女生，只是性向成疑的他終究沒有接聽響個不停的電話——小康自視為「哪吒」，總想要「開屏」，偏偏被父權和異性戀社會的「警戒線」緊緊夾住，恆常收斂起自我，並因之顯得內向寡言，像是「日夜都下著雨／心情也下著雨」。

可以說，《青少年哪吒》是「在烈火焚燒」的青春中「尋灰燼」，看見青少年世界灰暗的一面；是「尋找禿鷹啄過的記號」，發露青少年在種種「警戒線」框限中的迷茫和創傷。電影結尾，鏡頭留給「天空中的雲朵」。「天空」的廣闊、「雲朵」的自在常與「希望」相聯。但細心一想，阿澤、阿桂和小康的「希望」又何在呢？「仰望只見天空中的雲朵」，心底卻是「飄來一陣陣嘲諷聲」，孤獨感、無力感驅之不去。

落蒂〈疫情天〉與《青少年哪吒》深層相應的，也正是這種孤獨感、無力感。防疫限制了人際往來，這是孤獨的來源；感染數字仍日日增多，這是無力的成因。青少年的孤獨和無力容易引起觀眾共鳴，而疫情下的孤獨無力亦跟讀者非常貼身。詩與電影比讀，也許會將這些感受擴大，但窮者欲達其言，勞者須歌其事，在居家防疫時期觀影賞詩，應該亦是為負面的情感找到一扇出口吧。

吾方高馳而不顧：
讀落蒂〈隨想曲之一〉及〈辭廟〉

余城旭

　　落蒂《時光問答》載有〈隨想曲〉十五首，是一幅幅詩人內心世界的素描，不同於一向直率易明的詩風，〈隨想曲〉意象、典故較多，率真之餘，別有含蓄婉約之美。甫閱其一，便有感於詩人心境超然，是以聯合〈隨想曲之一〉及詩集另一作品〈辭廟〉，試探詩人的出世思想。

　　〈隨想曲之一〉以廣闊維度作背景：

> 一群人在品酒論詩
> 另一群人在喝南美洲遠到的咖啡
> 又是聊著春天的花落
> 也兼及秋涼的炊煙
> 無所事事的午後

　　「品酒論詩」者，固然令人聯想到古往今來之中國詩人；而「喝咖啡」者，則指慣於咖啡館（其中又以巴黎、維也納為首）交流的西方文人。開篇兩句，已呈現囊括古今中外的文壇格局。時間是詩人永

恆的命題，每當聚首，寒來暑往，春花秋月，就算「無所事事的午
後」，亦其樂無窮，詩作續謂：

> 拿著手中的蘋果
> 想到童年流口水的年代
> 望出窗外剛好有隻小鳥飛過
> 穿著隨意打赤膊也行
> 只是一群人在一起的日子
> 衣著配件行頭竟是
> 成功與失敗的嗲喋

　　詩人覺得「一群人在一起的日子」早已失真變質，以「衣著配件
行頭」為「成功與失敗的嗲喋」，內涵佚失。與之對比，落蒂以數句
樸實童年，直抒對重拾赤誠的渴望。「蘋果」的紅，自是象徵「赤
誠」；「流口水」、「隨意打赤膊」在大人世界普遍被視為失禮之舉，卻
恰好與「窗外」正「飛過」的「小鳥」一同象徵童真自由。落蒂在不
復往常的日子憶起自由率性的童年時光，令人不難理解其飽饜煩囂的
心境。落蒂如何為這種心境尋求出口，可自〈辭廟〉窺豹一斑：

> 辭掉虛榮的冠冕
> 心思突然高潔起來
> 劍來劍往的日子
> 恐怖已極
> 此刻竟美如晨星
> 在天邊閃爍
> 獨自的亮麗嚮往著

　　　那古代隱居的高士

　　　山涯平臺的垂釣

　　　寺廟焚音悄悄響在遠方

　　　就算被奪皇位的嫡系王子

　　　也只有攜帶斷琴流浪

　　　沿著沙灘漫步

　　　沉思下一刻

　　　如何走出困境

　　　此時也只能回首

　　　向過去的一切告辭

　　開首六句活脫於《楚辭》〈涉江〉，「冠冕」、「劍來劍往」與「帶長鋏之陸離兮，冠切雲之崔嵬」合。屈原（西元前343-前278年）以「冠冕」及「長劍」自寫高潔，謂「世溷濁而莫余知兮，吾方高馳而不顧」，落蒂則反用典故，以此象徵紛紛擾雜亂的世道日子，「虛榮」而「恐怖」；但他又旋即正用，心思頓悟，聯想到屈原「與天地兮同壽，與日月兮同光」，因之把「突然高潔起來」的「此刻」喻成「美如晨星／在天邊閃爍」，一番先抑後揚，使「獨自的亮麗」於繁星中更見璀璨。

　　此後，詩人開始自述志向，「嚮往著／那古代隱居的高士／山涯平臺的垂釣」，令人聯想隱居富春山的嚴光。嚴光出世隱居，耕釣不仕，范仲淹（西元989-1052年）有〈嚴先生祠堂記〉，言「先生之風，山高水長」，與落蒂〈辭廟〉遙相呼應。

　　落蒂自嘆「只有攜帶斷琴流浪」，轉化自伯牙於知音鍾子期死後破琴絕弦之事，《說苑》〈尊賢〉記曰：「鍾子期死，伯牙破琴絕絃，終身不復鼓琴，以為世無足為鼓琴者。非獨鼓琴若此也，賢者亦然，

雖有賢者而無以接之，賢者奚由盡忠哉！驥不自至千里者，待伯樂而
後至也」，豈不與落蒂曲高和寡而生出世之思暗合？而〈辭廟〉寫
「山涯」、「沙灘」是詩人巧思的密碼，仰山俯水，豈不類嚴光「山高
水長」之德、伯牙「高山流水」之懷麼？

　　如是，落蒂為困惱心境尋找解答，決心學習古人，特寫「沙
灘」，可能更想含「沙」射影，呼應《楚辭》〈懷沙〉「世既莫吾知，
人心不可謂兮」、「世溷濁莫吾知，人心不可謂兮」的心境，是以再不
得已，都「只能回首／向過去的一切告辭」，與世道保持「淡如水」
的距離，以持守本心，以及心中的美善。

　　至於落蒂的美善所指為何？

　　君不聞《金閣寺》（ *The Temple of the Golden Pavilion* ）？「寺廟焚
音悄悄響在遠方」，正細訴詩人的心聲。

輯二
自然

沉默生命的交流：
落蒂〈歲末抒懷〉及其他

　　張煒（1955- ）在《文學：八個關鍵詞》裡言及，植物「沒有心靈的窗戶即眼睛，與之不能雙目對視」，人縱然「呼喚一聲」，植物「也沒有反應」，故而人和植物的「直接交流」是無法做到的。然而，「具備更深和更高的生命溝通能力」之人，卻能夠與植物「發生情感的交流」，跟「沉默的生命」建立聯繫，而這是「非常讓人敬佩的」[1]。

　　落蒂〈歲末抒懷〉刊於二〇二一年二月二十三日之《人間福報》，據作者補充，該篇乃是為學生所拍攝的植物照片配詩而寫。詩裡說，蟹爪蘭雖只單單「一朵」，沒有同伴，可它並不乞求他人作陪，亦不自憐寂寞，反而像王維〈辛夷塢〉的「木末芙蓉花」般，儘管「澗戶寂無人」，它依然在「山中發紅萼」，自足地「綻放」，活出了芳華。落蒂的〈歲末抒懷〉全文謂：

　　　　你是今年冬寒
　　　　唯一陪我的
　　　　一朵蟹爪蘭
　　　　既不求人陪伴
　　　　也不悲傷自憐

1　張煒：《文學：八個關鍵詞》（桂林市：廣西師範大學出版社，2021年），頁73。

在我家牆角

孤單綻放

　　仔細地讀，題目的「歲末」和首行詩的「冬寒」皆有助渲染氣氛，令讀者更易感受蟹爪蘭的「孤單」；同時，配合詩題的「抒懷」，蟹爪蘭的形象自是能與作者疊合，而「歲末」、「冬寒」等文字，便內蘊著年暮、逆境等含義，讓人稍稍能想像詩家的困頓。那麼，蟹爪蘭在「牆角／孤單綻放」，展現的就是落蒂於燈火闌珊之處，不慕顯揚，自足地譜寫其詩篇，「綻放」其文采──植物與人，渾然為一，此可見詩人與蟹爪蘭「發生情感的交流」之一斑。

　　應留意的是，〈歲末抒懷〉雖云是配合學生照片之作，落蒂在詩的倒數第二行裡，卻刻意強調蟹爪蘭位處「我家」，使之和自身產生更直接的聯繫。事實上，那朵蟹爪蘭是種於學生家（而落蒂運用創意，移進自家），抑或種於落蒂家（而學生前來拜訪，拍下照片），讀者不易確定。但參考落蒂散文集《山澗的水聲》，其附錄〈心遠地自偏〉已鋪寫過詩人與自宅植物「情感的交流」：

　　從鄉下到臺北，才體會到什麼叫「臺北居，大不易」。
　　我困居在小小的閣樓中，從鄉下帶上來的盆景，我就挖挖土、澆澆水，說一聲：「抱歉了，委屈你們！」

　　鄉下田園寬廣，大城市則是地小人擠，居住空間相對局促。落蒂遷至臺北，略有陷進樊籠之感，而盆景也一同「困居在小小的閣樓中」，兩者的形象由是結合。不過，搬家是落蒂自主所做的決定，盆景卻是被動北徙。落蒂想起自己甘心來臺北，花卉卻是受了牽連，遂忍不住跟後者致歉：「抱歉了，委屈你們！」其與「我家」植物深入

相交，感同身受，展現出他所具備的、「更深和更高的生命溝通能力」。

張煒的《文學：八個關鍵詞》認為，人類急切需要反省對動植物的觀念。閱讀藝術作品，其中人與植物的互聯，常像落蒂所寫的，溫厚而多端，確實值得眾人細細沉思。

自然與人文：
落蒂〈荒蕪之島〉的表與裡

　　王德威（1954- ）名文〈老靈魂前世今生──朱天心論〉開頭想像島嶼臺灣不敵時間洗禮，終矣荒蕪，曾如此寫道：「也許是千百年後吧。文明升沉，萬事播遷，五洲板塊又是幾度震盪後，有個曾叫臺灣的島嶼依稀殘存。朔風野大，天地洪荒，早已闃無人煙的古都臺北，或還殘存當年一二繁華遺跡？沿著昔日『總統府』、二二八紀念公園舊址行來，荒煙迷漫，鬼聲啾啾。」[1]

　　而居住在寶島的詩人眼見污染問題日益嚴重，更憂心不必待到幾番板塊動盪，也不必待上千年，只消數代人物，臺灣的環境便已被破壞殆盡。例如李昌憲（1954- ）〈寶特瓶島〉關注「寶特瓶迢遙千里渡重洋／登陸曾經美麗的寶島／從此大部分飲料／特大號免退瓶」的問題──他表面上歌讚「寶特瓶真是摔不破／始終保持豐滿的胴體」，實際上卻惶急於「愈來愈多的寶特瓶／佔據愈來愈窄的生存空間／島上的土地都哭泣／被我們過度糟蹋」，甚至預示「美麗的寶島不再現」，痛心人們將「留給下一代／觸目驚心的寶特瓶島／在子孫的胸口舐血」。

　　落蒂的〈荒蕪之島〉收錄於二〇一八年二月《華文現代詩》第十六期，就關顧「自然」的角度言，其意旨可謂與李昌憲上引一作相

---

[1]　王德威：〈老靈魂前世今生──朱天心論〉，《當代小說二十家》（北京市：生活‧讀書‧新知三聯書店，2006年），頁83。

似。〈荒蕪之島〉合共八節三十行，其全文是：

> 白海豚在島四周悠遊
> 望著昔日翠綠的島
> 而今變成一片荒蕪
> 且發出哀哀之音
>
> 黑嘴鷗在從前覓食地
> 找不到食物
> 所有前來荒島過冬的鳥類
> 都找不到食物
>
> 據說島上有人
> 把有毒的東西
> 灑在各處
>
> 據說島上有人
> 把有毒的垃圾
> 拋向海裡
>
> 有毒的東西
> 毒死島上的一切
>
> 有毒的垃圾
> 毒死海中的一切

白海豚也死了

海上寂寞無聲

鳥兒都成了枯骨

島上也寂靜無聲

任何人

任何生物

都將在來日或

來日後的無窮來日

面對一個

寂靜無聲的荒島

只有風

狂吼著

　　落蒂強調了臺灣島嶼的「昔日翠綠」，這和李昌憲寶島「曾經美麗」的說法一致；而「變成一片荒蕪／且發出哀哀之音」兩行，則與李昌憲寫「島上的土地都哭泣」相近。李昌憲集中考慮寶特瓶的危害，落蒂則包羅各式「有毒的東西」，指責傾灑毒物的人類連累白海豚等海洋生物喪命，黑嘴鷗等鳥類也因找不到食物，餓死後成為「枯骨」；人類亦不能自外於此，因作法自斃，不得不遷離環境日漸惡化的島嶼，只能在遙方悔恨地「面對」這整片缺少生氣的荒蕪之地。

　　特別的是，落蒂之詩不僅因收束的「只有風／狂吼著」六字而能與王德威「朔風野大，天地洪荒」呼應；類似於王氏討論文學，落蒂的〈荒蕪之島〉也有著「人文」向度的詮釋可能。在這種視角裡，「昔日翠綠的島」象徵曾一度繁榮的臺灣文壇，如今它「變成一片荒蕪」，市場萎縮，蕭條冷落，乃是由於「有毒的東西／灑在各處」、

「有毒的垃圾／拋向海裡」，各種劣質的創作佔據了太多版面，使得讀者避之唯恐不及。相反，「黑嘴鷗」等「鳥類」所喻指的認真作家「找不到食物」，無以為生，不想成為「枯骨」，就得停止寫作，轉換跑道。失去了這些好作家後，原先想「悠遊」於文學家園的「白海豚」讀者便乏人滋養，對文藝的興趣亦隨之而「死」。終於，島上「寂靜無聲」，文壇萬馬皆瘖，「荒島」難以恢復昔日榮光，只有「風」永恆地「狂吼著」，責難當初撒下「有毒」事物的人們。

　　如此看，落蒂〈荒蕪之島〉兼有表裡兩層，表層屬「自然」書寫，裡層則是對文壇的浩嘆。他對文學圈「有毒的東西」產生不滿，早見於《大寒流》的〈海邊老者〉。在該篇，落蒂曾如此質問：「數十年來培育的苗圃／長出一些奇奇怪怪的花木／開出一些醜陋的花蕊／長出一些怪異的果實／心中想著，這是我一直／夢寐以求的大植物園嗎」？其中「苗圃」、「大植物園」皆指文壇，讀者應不難意會。在〈海邊老者〉後文，落蒂甚至以「糞土的麵條」、「如垃圾的米飯」等隱喻流行的劣質創作，這些都是〈荒蕪之島〉「有毒的東西」、「有毒的垃圾」之先聲。到〈海邊老者〉結尾，落蒂自言將「頹然倒向海邊／被海浪衝著走」，這跟〈荒蕪之島〉失意無奈的「黑嘴鷗」亦如出一轍。

　　王德威〈老靈魂前世今生〉首段在「荒煙迷漫，鬼聲啾啾」之後，尚有數語：「掘地三尺，哪還有半點屍骸。倒是千百頁尚未腐化盡淨的斷簡殘篇，成為對某個世紀書市文化的最後見證。」可萬一，天意弄人，在命運遷流之中，傑出的作品先已泯滅，遺留給「無窮來日」的只有毒素穢物，那也實在是莫大的諷刺。

聆琴傍海，傳情以花：
落蒂新詩兩首略讀

　　落蒂的〈阿拉貝斯克〉收進《大寒流》一書，原先則載錄於二〇
一六年八月十六日《中華日報》副刊；詩中以「妳」代指落蒂就讀南
師時傾慕的女同學「星子」，其全文六章謂：

　　　　阿拉貝斯克的鋼琴曲響起
　　　　妳的影子也在海濱小屋飄忽了起來
　　　　彷彿那年的琴聲
　　　　和著海韻起伏

　　　　每年我都會回到海邊
　　　　在小屋中尋找妳的琴聲

　　　　而海音依舊
　　　　讓我驚豔的十七歲超齡才華
　　　　竟也無影無蹤

　　　　年復一年
　　　　特意專注藝文界的消息
　　　　看是否會發現妳才華喧嘩燦亮

可是一切都像今夜海邊
只有海浪孤獨地拍打岸邊礁石

苦悶憂鬱年年陪我
那首夢魂中的曲子
也經常聽別人演奏
只是那種迷人味道不再
想妳也應海角天涯走過
並已皺紋滿面鬢角飛雪
何時再回來為我演奏
一起重溫往日情懷

　　「妳」是「星子」，佐證頗多，如落蒂在〈愛之夢〉就曾寫過「星子」的琴音使他動容：「我困擾著，突然，練琴室傳來一陣幽怨的琴聲，是『愛之夢』，如怨如訴，我不知不覺被那琴聲吸引，走到練琴室的窗邊。是她，那令我吃不下、睡不著的人兒。她正在彈奏『愛之夢』。」〈晴時多雲偶陣雨〉再次寫「星子」琴聲奏響，能扣動落蒂之心弦：「『愛之夢』又像夜鶯的哀啼，把我引了進去。」落蒂文中的「星子」，確實有著讓他「驚豔的十七歲超齡才華」。

　　此外，〈阿拉貝斯克〉寫落蒂持續「尋找」當年「琴聲」，渴望「重溫往日情懷」，一如他一九八一年出版《煙雲》時，特於後記〈未殞落的星光〉表達對「星子」之不忘：「做夢的年齡早已過去了，但我還是最懷念那段做夢的歲月……十年來，我還是無法忘懷那段日子，我仍然常在夜晚蹀踱在星光下。」只不過，「年復一年」，落蒂儘管尋尋覓覓，而「星子」確已消失得「無影無蹤」，如〈未殞落的星光〉所言：「二十年後的今天，她飛入誰家，我也一無所知。」

落蒂像一再拍打記憶「礁石」的「海浪」，「孤獨」地重複著思念。

　　特別的是，落蒂在〈未殞落的星光〉曾寫道：「二十年後的今天，不論她在天涯海角，我都希望她能讀到我為她寫的每一首詩。」如今，又三十寒暑走過，他的〈阿拉貝斯克〉再次出現「海角天涯」的想像，設想飽歷人世滄桑的「星子」或已經「海角天涯走過／並已皺紋滿面鬢角飛雪」。

　　落蒂對「星子」的反覆思念亦見於二〇一六年四月《文訊》第三六六期刊登的〈阿勃勒花開〉，與〈阿拉貝斯克〉同中有異，〈阿勃勒花開〉側重借「花」傳情，其全文是：

　　　　阿勃勒花開
　　　　黃色花海中
　　　　妳初顯才藝
　　　　與花競相燦亮

　　　　阿勃勒花再開
　　　　我再次前來
　　　　在花海中尋找
　　　　不見妳再次吐露芬芳

　　　　阿勃勒年年盛開
　　　　從十七歲花下稚嫩的印痕
　　　　到七十歲老態龍鍾的步履
　　　　都一直在埤塘邊等待妳一樣花再開

　　　　阿勃勒今年又開

從燦爛一直到飄零
花下都移動著尋人的身影
只是花兒一直未告知

妳在何方
這是徘徊者
年年花下喃喃的
問句

　　與〈阿拉貝斯克〉一致，〈阿勃勒花開〉標出了落蒂與「星子」的相逢是發生在女方「十七歲」的青蔥歲月上。〈阿勃勒花開〉說「星子」在「初顯才藝」時，即能與花「競相燦亮」，這一「燦亮」亦見於〈阿拉貝斯克〉，後者以「喧嘩燦亮」來形容「星子」的「才華」。至於「星子」的出現如「阿勃勒花開」，令落蒂迷於「黃色花海中」，此「花海」似又能與〈阿拉貝斯克〉的「海韻」、「海邊」等共鳴。

　　所不同的是，〈阿拉貝斯克〉以「海」的意象通貫全篇，〈阿勃勒花開〉則由「花」承其任務。〈阿勃勒花開〉首節寫「星子」仍在眼前，阿勃勒也開得「燦亮」，次節則言阿勃勒依舊開花，「星子」卻已消失不見，沒有再「吐露芬芳」，這都是以唐詩〈題都城南莊〉的「人面桃花」為本：「去年今日此門中，人面桃花相映紅。人面不知何處去？桃花依舊笑春風。」與〈題都城南莊〉相近，歐陽修〈生查子・元夕〉亦云：「去年元夜時，花市燈如畫。月上柳梢頭，人約黃昏後。今年元夜時，月與燈依舊。不見去年人，淚溼春衫袖。」大概是在心中串連起歐陽修，落蒂〈阿勃勒花開〉的第四節說自己向「花兒」詢問「星子」近況，「花兒」卻沉默不語，「一直未告知」任何消息，這實是變用歐詞〈蝶戀花・庭院深深深幾許〉的名句：「淚眼問

花花不語，亂紅飛過鞦韆去。」

〈題都城南莊〉和〈生查子・元夕〉都主要集中在「去年」至當下的變化上，時長僅一載。與此相較，落蒂對「星子」的念想似乎更為綿延，「從十七歲花下稚嫩的印痕／到七十歲老態龍鍾的步履」，他都「一直」守候「星子」，盼她如「花」再度盛開，跟自己重逢。這裡的「七十」固然與落蒂寫此詩時的年紀相約，同時更是化用了姜特立（1125-1200後）的〈賞花醉吟〉：「七十衰翁雙鬢槁，每遇花時拚醉倒。」落蒂醉於象徵「星子」的「花」，恰似姜氏醉於美酒。

由姜特立的「賞花」而「醉」發軔，落蒂〈阿勃勒花開〉末段之「年年花下喃喃的／問句」，實能連結到李商隱的七絕〈花下醉〉：「尋芳不覺醉流霞，倚樹沉眠日已斜。客散酒醒深夜後，更持紅燭賞殘花。」站在「花下」的落蒂或亦有著「日已斜」的暮年感嘆，但「醉」於深情的他並未為「深夜」之至而惆悵——他「徘徊」不去，在七十之齡猶像「更持紅燭」的李商隱，要繼續探問「花」的芳蹤。

統合來看，落蒂〈阿勃勒花開〉不僅藉著「花」來傳情，還巧妙地聯結了〈題都城南莊〉、〈蝶戀花・庭院深深深幾許〉、〈賞花醉吟〉和〈花下醉〉等作，一花數瓣，借李商隱、歐陽修等人的彩筆透露深摯情愫。自然開落的「黃色花海」由是承載著豐富的人文意蘊，其姿態益發叫人愛賞。

楓紅語片石，雪雨懷繆斯：落蒂〈在楓紅中飛升與沉落──黑部立山賞楓心情〉略說

　　落蒂〈在楓紅中飛升與沉落──黑部立山賞楓心情〉在二〇一〇年六月刊於《創世紀詩雜誌》第一六三期，後收進《大寒流》第一六八至一七七頁。略異於詩人素常的淺近筆法，該作含藏不少隱喻，索解非易。

　　事實上，落蒂筆下的「楓紅」表面指旅遊時親見的實景，內裡卻是象徵著「詩」。落蒂說「那一片楓紅／令我飛升又沉落」，是指詩讓他有高亢振奮之時，但亦常予他低沉寂寥之感。特別是與詩壇人物交際應酬，落蒂因特立獨行，看不慣眾人「歌頌楓紅／而眼裡心裡／都沒有／楓紅」，結果是惹得同道不快，自己也反被指是「裝了滿滿的一缸醋」；落蒂蔑視庸作，不肯奉承別人，竟爾又被斥責為「不是詩人／是一顆石頭／一顆沒有感覺／不會感動的石頭」。落蒂在詩裡寫道：「我的朋友不再理我／不再同我一起賞楓」，乃是說詩界舊朋將他排擠，彼此各行各路。

　　〈在楓紅中飛升與沉落〉的「石頭」也別富深意，隱含庾信（西元513-581年）「一片石」的典故。《朝野僉載》卷六云：「梁庾信從南朝初至北方，文士多輕之。信將〈枯樹賦〉以示之，於後無敢言者。時溫子昇作〈韓陵山寺碑〉，信讀而寫其本。南人問信曰：『北方文士何如？』信曰：『惟有韓陵山一片石堪共語。薛道衡、盧思道少解把

筆，自餘驢鳴犬吠，聒耳而已。』」庾信不願與北方文人交往，只與「一片石」共語，這在落蒂的詩裡化成「心停在／一塊山石上／與山石合而為／一」、「我的心仍然／和那塊山石一樣／定定的　凝固在山邊」。落蒂一方面遭詩界推開，一方面他也樂得如庾信一般，遠離「聒耳」的社交圈。他這樣說：「獨自一個人靜靜觀賞沉思／比成群人嘻嘻哈哈／容易進入生命的核心」。

　　缺少友朋，落蒂仍專注於「楓紅」，專注於詩之上——「我獨自賞楓也是一季／我的朋友不來／我獨自楓下品酒／也是一季」。隨著時間累積，落蒂鑽研至精深處，靈感湧動，忽覺「楓紅竟然紛紛墜落／如一場紅雪」，澎湃磅礡。他在「思念」一章寫道：

　　　　我靜靜觀看
　　　　那一陣陣飛落的紅雪
　　　　突然想起那十七歲的小戀人
　　　　如今已是阿嬤
　　　　背著一個黑色的包袱
　　　　打一個圓形的髮髻
　　　　走在滿是落紅的山路中
　　　　我真想趕上去
　　　　歸還他早年送我的油紙傘
　　　　好讓她撐著
　　　　頂住這一場好大的紅雨

　　詩中「十七歲的小戀人」實指落蒂在南師讀書時認識的女同學「星子」，「油紙傘」的片段亦可參考收在《煙雲》的〈如你在雨中〉。何以，落蒂會在詩情洶湧時想到「星子」？答案是一來，見於

〈未殞落的星光〉等篇，落蒂一直盼望著讓「星子」閱讀他為她寫的每一首詩；二來，「星子」也確是落蒂寫詩的繆斯（the Muses）之一，那場驟降如「紅雪」、如「紅雨」之靈感風暴，實即是得自「星子」之賜予。

在「紅潮湧動」一章，落蒂再次肯定了「星子」的繆斯角色。「紅潮湧動」的頭四行謂：「我不知道那塊山石／有沒有心跳／我也不知道我的心／能不能再飛翔」，這是呼應〈未殞落的星光〉所說：「以我現在的年齡來出版情詩選，那種心情是不難想像的。做夢的年齡早已過去了」──落蒂仍然懷念數十年前深深傾慕的「星子」，但那種情人間的愛戀衝動早就煙消雲散。只不過，當他想起「星子」，他的詩就有了頭緒，「紅潮湧動」續謂：

就在那一陣飄落的紅雨中
我看見了屈子緩緩走來
他給我一本小小的冊子
上面沒有書名
內頁只有一行
不再是離騷的詩句
而是寫滿一行湧動的紅潮

落蒂幻想自己獲屈原贈予「冊子」，這當是化用江淹（西元444-505年）暫得郭璞（西元276-324年）彩筆的傳說，象徵有了創作佳篇的靈感。屈原之自「紅雨」中來，可視為是受「星子」召喚，他遞給落蒂的「冊子」也並非重複〈離騷〉內容，而是另闢蹊徑，讓落蒂有了再譜新章的生命「湧動」──歸根究底，那一刻落蒂福至心靈，實盡賴出現在懷想中的「星子」。

　　只是，萬莫以為「屈子」僅是陪襯。落蒂〈在楓紅中飛升與沉落〉的最後一章「鮮紅遍野」表示，那些「都不來了」的詩壇「朋友」早就轉身離去，另有享受，而落蒂卻依然像庾信欣賞的「一片石」般，繼續「靜靜的／獨自面對」藝術之內核──他細視繆斯賜下的「滿山遍野／鮮血一樣的紅」，徜徉於詩神的國度，不願曲意奉迎，其實正是屈原〈涉江〉「吾不能變心而從俗兮」、「余將董道而不豫兮」的異代回響。

　　「紅雨」和「紅雪」帶來持續的靈感、屈子之精神，悠悠天地之中，「楓紅」盛綻，一「石」堅穩──透過實景之「楓紅」和「石」，以及作為「楓紅」喻體的「紅雨」、「紅雪」等，落蒂〈在楓紅中飛升與沉落〉誠可謂別有寄託，反思深刻。〈在楓紅中飛升與沉落〉的原詩篇幅較長，全錄不易，讀者在隨上文走馬看花後，或可直面「楓紅」，據落蒂的完整文本再添新枝。

回歸自然的遲疑：
落蒂〈十八尖山的歌者〉之矛盾美學

　　落蒂〈十八尖山的歌者〉刊於二○一六年八月《華文現代詩》第十期，其後收進《大寒流》，篇末有自注謂：「新竹十八尖山有小陽明山之稱，是人們健行運動的好地方。近幾年我常前往散步盤桓，時常聽見有一位自在的歌者，用沒有音韻的節奏，沒有意義的語言，想唱什麼，就唱什麼，往往讓我感想良多，心中思潮起伏」。〈十八尖山的歌者〉全文是：

> 在十八尖山上朗聲高唱著
> 不管別人異樣的眼光
> 不管嘲笑的聲浪
> 他自在的歌著
> 歌聲自由迴盪在任何空間
>
> 在十八尖山上坦然高唱著
> 即使世界各處盡是天災人禍
> 即使各種邪魔歪道採各種曲線方式入侵
> 他仍是爽朗的歌者
> 歌聲飄進附近住宅學校

在十八尖山上隨意的高唱著

他的歌聲如與世無爭的山民

不被任何意識形態刻意扭曲

純真自然的傳到人們的耳朵

他是盡興的歌者

歌聲不斷不論刮風下雨

在十八尖山上到處快樂的高唱著

山林中的小步道遇見他

登山人士眾多的環山步道遇見他

他不害羞的朝你唱著

他和山上的風聲一樣自然

他和飛鳥的鳴唱一樣隨興

　　落蒂此作頗為特別，詩人雖用上「自由」、「自在」等詞語，卻同時難掩現實加諸「歌者」的限制，篇內形成兩種聲音，共構出極富張力的「矛盾美學」。首先，「歌者」的歌聲「與世無爭」、「純真自然」，應該頗有洗滌人心的作用；可是，它卻更多地引起人們內心的波動，如眾人禁不住要「嘲笑」他，因他而生出「異樣的眼光」。「歌者」自顧自「爽朗」地唱，但那「飄進附近住宅學校」的聲響又實際是種騷擾，足以使人煩躁——在此岸的香港，就有人每朝登山高喊「早晨」，激起網上一片謾罵聲討。所以，落蒂筆下的「歌者」四處「快樂的高唱著」，恐怕僅只是自身「快樂」，卻極容易惹起他人的不快。在這裡，「歌者」的「歌聲」兼含著正反兩極的特質。

　　此外，「歌者」十分「坦然」，無牽無掛，但落蒂又指出「世界各處盡是天災人禍」、「各種邪魔歪道」充斥，不容人「坦然」旁觀。事

實上，落蒂素來關注社會，見於《大寒流》中，〈悲傷十四行〉為「遠方傳來多恐怖的災難消息」而哀慟，〈故事〉為政治、宗教領袖惑人的「騙局」而神傷，即分別是留意「天災人禍」及「邪魔歪道」之作，淑世精神明顯。這麼想來，落蒂又豈能完全同意「歌者」的「坦然」？「兼濟天下」與「獨善其身」在此碰撞，難怪落蒂的後記說自己「感想良多，心中思潮起伏」，而非對「自由」、「自在」的「歌者」心嚮往之了。

　　走筆至此，讓我們集中看〈十八尖山的歌者〉最後一段「歌者」的形象。落蒂說那人「不害羞」地對人高唱，這一幕使人想起《莊子》〈人間世〉「接輿歌鳳」的故事：「孔子適楚，楚狂接輿遊其門曰：『鳳兮鳳兮，何如德之衰也！來世不可待，往世不可追也。天下有道，聖人成焉；天下無道，聖人生焉。方今之時，僅免刑焉。福輕乎羽，莫之知載；禍重乎地，莫之知避。已乎已乎，臨人以德！殆乎殆乎，畫地而趨！迷陽迷陽，無傷吾行！郤曲郤曲，無傷吾足！』」[1] 楚狂接輿之明哲保身，亦恰似「歌者」之不理「邪魔歪道」，不理「世界各處盡是天災人禍」。

　　到詩末兩行，落蒂形容「歌者」跟「山上的風聲一樣自然」，跟「飛鳥的鳴唱一樣隨興」，這也有著道家哲學的痕跡。「和山上的風聲一樣」典出自《莊子》〈天運〉：「孔子見老聃而語仁義。老聃曰：『夫

1　參考陳鼓應（1935-　）的譯文：「孔子到楚國，楚國狂人接輿走過孔子門前唱著：『鳳啊！鳳啊！你的德行為什麼衰敗！來世是不可期待的，往世是不可追回的。天下有道，聖人可以成就事業；天下無道，聖人只能保全生命。今天這個時代，只求避免遭受刑害。幸福比羽毛還要輕，卻不知道摘取，災禍比大地還要重，卻不知道迴避。罷了！罷了！在人的面前用德來炫耀自己，危險啊！危險啊！擇地而蹈！荊棘啊！荊棘啊！不要刺傷了自己的行徑，轉個彎兒走，轉個彎兒走，不要刺傷了自己的腳脛啊！」見陳鼓應注譯：《莊子今注今譯》（北京市：中華書局，1983年），頁141-142。

播穅眯目，則天地四方易位矣；蚊虻嘬膚，則通昔不寐矣。夫仁義憯
然，乃憤吾心，亂莫大焉。吾子使天下無失其樸，吾子亦放風而動，
總德而立矣，又奚傑傑然揭仁義，若負建鼓而求亡子者邪？』」[2] 其重
點在於勸人「放風而動」，如風起風落般順任自然而行。至於「和飛
鳥的鳴唱一樣」，則是來自《莊子》〈馬蹄〉的「夫至德之世，同與禽
獸居，族與萬物並」——人心因未改「素樸」，「是故禽獸可係羈而
遊，鳥鵲之巢可攀援而闚」[3]，人與「飛鳥」並無區隔。

　　這樣分析，可知落蒂乃是以「歌者」代表某種道家理想，而其自
身則因淑世不懈，較近於〈人間世〉和〈天運〉中被勸戒的「孔
子」。儒道矛盾引申出的問題是：落蒂亦應該「放風而動」，回歸「素
樸」，回歸自然嗎？答案就在前文兩組並置的矛盾之中——落蒂固然
能感受回歸自然的「自由」、「自在」，但他卻疑惑，這種「爽朗」、
「坦然」並不像道家說的那樣神奇，足以重構「至德之世」。畢竟，
「天下無失其樸」的時代早就一去不返，放任「邪魔歪道」、漠視
「天災人禍」，其實是讓自己變成「邪魔」橫行、「人禍」愈劇的幫
凶。埃利‧維瑟爾（Elie Wiesel, 1928-2016）領取諾貝爾和平獎時即
致辭道：「保持中立只會助長壓迫者，而非受害者；沉默只會鼓勵暴
虐者，而非遭受折磨的人。」[4] 對於「歌者」只求一己「快樂」，落蒂
沒有「嘲笑」，卻宜乎應保有一種「異樣」的、焦點不同的「眼光」。

2 　陳鼓應語譯作：「孔子見到老聃便談說仁義。老聃說：『簸糠進入眼睛，天地四方便
　　看來顛倒了；蚊虻叮皮膚，就會通宵不得安眠。仁義毒害騷擾人心，再沒有比這更
　　大的禍亂。你如果使天下不要喪失真樸，你可順化而行，執德而立了，又何急急於
　　標舉仁義像敲打大鼓找尋迷失的孩子呢？』」見陳鼓應注譯：《莊子今注今譯》，頁
　　387。

3 　「是故」二句，陳鼓應譯為：「因而禽獸可以牽引著遊玩，鳥鵲的窩巢可以攀援上
　　去窺望。」見陳鼓應注譯：《莊子今注今譯》，頁249。

4 　埃利‧維瑟爾（Elie Wiesel）：《開放的心》（Open Heart），沈台訓譯（臺北市：商
　　周出版，2017年），作者簡介。

　　但更進深點看，落蒂的立場就是一面倒的尊儒斥道麼？這種理解確是錯誤的。「老莊言變」，以道家哲學為指引，其烏托邦兼容各種差異，絕「不是單音平調的，而是多音複調的」[5]。從這一意義說，落蒂的思想實也有著道家順應「變」化的特質——他雖有儒家的精神和抱負，卻不敵視「歌者」的個人選擇，同時還以肯定的「純真」、「無爭」等詞語描述其人其歌——落蒂心中有著儒道兩家的對立統一，這正正是〈十八尖山的歌者〉所以呈現「矛盾美學」的深層原因。

5　張穎：〈道之鄉：烏托邦與反烏托邦〉，《烏托邦：文史哲論衡》，吳又能編（臺北市：臺灣師範大學出版中心，2017年），頁126、124-125。

三徑縈回草樹蒙：
落蒂〈淡蘭古道〉徐行

　　落蒂的〈淡蘭古道〉刊於二○二一年九月三日的《人間福報》，按內文提示，詩人走的是古道南路的其中一段，由雙溪口「吊橋」起步，行至「石碇老街」。〈淡蘭古道〉全篇是：

就是
那條淡蘭古道
一段
搖晃的吊橋
升起
旁邊的綠鬱
三五好友
帶著輕便飲食
菊花茶和季節蔬果
就如此
長入水聲鳥語中
視線
常在雲中走入夢鄉

在友情的溫馨下

彼此互相低聲叩問
近來吹何方的風
友人小聲說
都在神秘中
綻放綠意
在意外中
展現芬芳

好棒好美的
一段小奏鳴曲
飄著長髮
以神話之姿演奏
風掀起妳
淺藍色的衣裙

隨著
石碇老街的美食
陽光
是如此溫暖
而讓
山水樂於靠近
古道的轉彎處
突然
有一隻山鳥飛起
凌空而去
弦月

　　隨著我們

　　回到黃昏的家

　　以「正讀」看，落蒂寫的是自己和幾位好朋友一同到古道步行遊覽，途中鳥語花香，綠意盎然，日光溫暖，景色如夢，加上友情滋潤、美食飽腹，其身心都舒暢極了。在用字上，人事「溫馨」、自然「溫暖」，落蒂藉前後複見的「溫」字呼應；意象上，起首有「鳥語」，結尾有「山鳥飛起」，開闔有方；特別的是，落蒂不只以「走入」、「轉彎」來描述行腳，詩中的「升起」、「綻放」、「飄」、「掀」、「凌空」等詞，皆呈現上升姿態，能夠配合拾級而登的古道路段，也暗示詩人步履輕盈、心情輕鬆；詩第二節第二行的「彼此」和「互相」或屬衍文，但客觀上亦令此詩在唸誦時更趨和緩，跟作家的優遊寫意契合。

　　可是，文本自有生命，落蒂的〈淡蘭古道〉也有不少可供發揮的隱藏訊息，而解密的鑰匙復為詩人時常徵引的蘇軾。何以見得？參照蘇軾〈後赤壁賦〉，落蒂刻意寫「三五好友／帶著輕便飲食／菊花茶和季節蔬果」，乃是呼應蘇子「攜酒與魚」，與「二客」「復遊於赤壁之下」；〈淡蘭古道〉寫行程結束，「突然／有一隻山鳥飛起／凌空而去」，更是與〈後赤壁賦〉篇末的「適有孤鶴，橫江東來……戛然長鳴，掠予舟而西也」若合符節；此外，蘇子遊赤壁後「就睡」，「夢」中見到身穿「羽衣」的道士，而落蒂亦寫古道之行如「從雲中走入夢鄉」，不只「夢」相對，白「羽」和白「雲」也相仿。

　　這時再看〈淡蘭古道〉的第三節：「好棒好美的／一段小奏鳴曲／飄著長髮／以神話之姿演奏／風掀起妳／淺藍色的衣裙」，那「掀起」的「衣裙」其實是取自〈後赤壁賦〉寫蘇軾攀登斷崖，「攝衣而上」；「以神話之姿」則是配合蘇軾「俯馮夷之幽宮」，馮夷為「神

話」裡的水神；至於「演奏」，即蘇子的「劃然長嘯」；落蒂寫「演奏」時「風掀起」，蘇子也寫「長嘯」時「風起水湧」。所異的是，以豁達著稱的蘇軾在「長嘯」之後，仍不免「悄然而悲，肅然而恐，凜乎其不可留」，這與落蒂寫古道聽曲的悠悠然固屬不同——可以看出，〈淡蘭古道〉在多處接樺〈後赤壁賦〉，但其情調則有喜無悲，更顯輕鬆。

或許可大膽地說，落蒂的〈淡蘭古道〉是借〈後赤壁賦〉為對照，烘托出此一主題：往日是悲喜相續，眼下則只聞歡笑。是的，這豈不正符合「淡蘭古道」今昔變異的主題嗎？淡蘭古道原是臺灣先民由西向東墾拓、流血流汗所開闢的路線，它承載著賺取收入之樂，也烙印著艱辛的腳步；現如今，它卻撇去苦，剩下樂，成為行山客徜徉「夢鄉」的優閒之處，「如此溫暖」，如此使人「樂於靠近」。

以上析說，是「靠近」文本，聚焦細節，把蘇軾文章讀入落蒂之詩，讓讀者能發現〈淡蘭古道〉的「轉彎處」，遇見「突然」的驚喜。接下來，我將「誤讀」，化身落蒂其中一名「小聲說」的「友人」，讓〈淡蘭古道〉「在神秘中／綻放綠意／在意外中／展現芬芳」。

〈淡蘭古道〉既與蘇軾產生聯繫，「常在雲中走入夢鄉」的「雲中」便可有另解。蘇軾著名的〈江城子・密州出獵〉寫道：「持節雲中，何日遣馮唐？」這裡的「雲中」指漢代雲中郡。據《史記》〈張釋之馮唐列傳〉，雲中太守魏尚（？-西元前157年）抵禦匈奴有功，卻因上報的戰績與實際情況有細小誤差而遭朝廷削職、奪爵、判囚，其後漢文帝（劉恆，西元前203-前157年，西元前180-前157年在位）察覺不當，便派為魏尚辯白的「馮唐」到雲中赦免前者。在詞中，蘇軾是借魏尚自喻，盼望宋廷重用他守邊衛國。

與之相反，〈淡蘭古道〉謂「視線／常在雲中走入夢鄉」，意思是

情願在「夢鄉」逍遙快樂，一覺好眠，不期待「持節雲中，何日遣馮唐」，不願受功名所羈絆。這樣，就難怪作者和「三五好友」是帶著「菊花茶」了──「菊花」是隱逸的象徵；與此同時，「淡蘭古道」的「淡」、「蘭」本指「淡水廳」和「噶瑪蘭廳」，但「淡蘭」連綴，易使人想到喻指隱士的「空谷幽蘭」，甚至連結起陶淵明（約西元365-427年）的詩：「幽蘭生前庭，含薰待清風。清風脫然至，見別蕭艾中。行行失故路，任道或能通。覺悟當念還，鳥盡廢良弓。」

最後是〈淡蘭古道〉的末三行：「弦月／隨著我們／回到黃昏的家」。毋庸置疑，這是改自李白的「暮從碧山下，山月隨人歸」。李白原詩後接：「卻顧所來徑，蒼蒼橫翠微。相攜及田家，童稚開荊扉。綠竹入幽徑，青蘿拂行衣。歡言得所憩，美酒聊共揮。長歌吟松風，曲盡河星稀。我醉君復樂，陶然共忘機。」其內容與陶淵明〈歸去來辭〉相近，而詩題為〈下終南山過斛斯山人宿置酒〉。如所周知，「終南山」是著名的唐人隱居地。透過連結陶淵明和李白，〈淡蘭古道〉給出了足夠的隱逸、「忘機」線索，而這一切，皆是與把「雲中」釋為「雲中郡」、牽出魏尚的典故、反寫蘇軾「何日遣馮唐」相應的。

綜言之，落蒂的〈淡蘭古道〉是首能作多層次閱讀的新詩，不只表層敘事，更可合理地聯繫蘇軾、李白、陶淵明等「三五好友」，連袂徐行；〈淡蘭古道〉的意旨如「搖晃的吊橋」，左右擺盪，亦左右俱宜，只要讀者願意細加咀嚼、品味，心中自會「升起」蔥蔥鬱鬱的聯想[1]。

---

[1] 本篇標題取自蘇軾的〈溪堂留題〉：「三徑縈回草樹蒙，忽驚初日上千峰。平湖種稻如西蜀，高閣連雲似渚宮。殘雪照山光耿耿，輕冰籠水暗溶溶。溪邊野鶴衝人起，飛入南山第幾重。」其中「三徑」既與陶淵明〈歸去來辭〉的「三徑就荒」相契，又暗指淡蘭古道有北路、中路、南路「三」條路「徑」；「野鶴衝人起」與蘇軾〈後赤壁賦〉、落蒂〈淡蘭古道〉結尾寫飛鳥相似；「飛入南山」則除了陶淵明的「採菊東籬下，悠然見南山」外，「南山」也是「終南山」的別稱，與文內所徵引的李白

輯三
哲理

驅車入髓：
落蒂「互異的觀點」略讀

落蒂參加「第三十屆世界詩人大會」，曾與各地詩家一同往訪棲蘭神木園區，事後他寫出合共八章的新詩〈驅車入林〉，刊載於二○一一年六月《創世紀詩雜誌》一六七期，詩第六章「互異的觀點」說道：

有詩人讚美神木胳臂粗壯
有詩人讚美神木活得久長
有詩人羨慕神木滿頭蒼翠
有詩人羨慕神木飽讀歲月
有詩人羨慕神木吸收日月菁華

只有一位詩人替神木不平
哀嘆神木樹幹雖大佔地雖廣
卻一直站在原地
想像心中有一團火
一團永遠被定格的怒火

而我卻欣賞
神木的靜定
讓時間自己去走

讓神木在時間中不斷的走

不斷的

走

　　這些段落容易使人想到《景德傳燈錄》卷三的記載——達摩（Bodhidharma）欲西返天竺，遂命門人各言所得。弟子道副先答：「如我所見，不執文字、不離文字，而為道用。」達摩說：「汝得吾皮。」尼總持答：「我今所解，如慶喜見阿閦佛國，一見更不再見。」達摩謂：「汝得吾肉。」繼而道育回應：「四大本空，五陰非有，而我見處無一法可得。」達摩即指：「汝得吾骨。」最後慧可（西元487-593年）禮拜之後，依位而立。達摩乃說：「汝得吾髓。」

　　落蒂所寫「互異的觀點」也可劃分為皮、肉、骨、髓四個層次。「皮」的部分，是「有詩人讚美神木胳臂粗壯／有詩人讚美神木活得久長」，這些「讚美」均停留在神木的外觀和年壽資料之上，比較浮面；到「有詩人羨慕神木滿頭蒼翠／有詩人羨慕神木飽讀歲月／有詩人羨慕神木吸收日月菁華」，則言者不僅看見了內在的、神木在歲月中培蘊的菁華，更由「羨慕」，而想將神木的精神與人聯貫，可謂扎到「肉」的一層。

　　然而，想擁有「滿頭蒼翠」的皓首形象，想要「飽讀」，想要「吸收」各種有裨創作的「菁華」，實際上皆是以詩人為主體，神木不過是被借題發揮的「題」而已。在「互異的觀點」第二節，一位詩人試圖撥轉方向，從神木的角度出發，為它「不平」，認為神木「心中有一團火」，可惜恆年「站在原地」，受盡限制，以致「被定格」，不得施展，其內心必然有著「怒火」——這種直截神木所思的觀點，已可算透於巨樹之「骨」。

　　不過神木何言哉？「骨」的思維縱使比「肉」的聯想稍進一層，

卻仍屬外鑠，「一團火」的事功精神猶自刻有強烈的人類標記。到詩的末段，落蒂則超脫了「肉」和「骨」，只凝注於「神木的靜定」之上，像慧可般「依位而立」，「讓時間自己去走／讓神木在時間中不斷的走／不斷的／走」，在比神木更永恆的「時間」跟前沉默，心行處滅，直達不可以言宣的空境，深入於「髓」。

　　反躬自思：明知言語道斷，而猶煩詞解詩，其實何如「依位而立」？聊以自解：「得吾皮」、「得吾肉」、「得吾骨」非貶斥，如能由皮、肉與骨引人入於髓，則淺層的言詮實非唐捐。落蒂《山澗的水聲》有〈浮塵二、三事〉一文，其中「觀盆栽展」一節即載錄落蒂對皮、肉、骨的肯定，可與「互異的觀點」比讀互參。

落蒂新詩的深層指涉：
命運交織的〈獅頭山〉

　　落蒂〈獅頭山〉初刊於二〇〇五年五月《葡萄園詩刊》第一六五期，後來收進個人詩集《臺灣之美　詩寫臺灣》。獅頭山風景區地跨新竹、苗栗，從詩文內容看，則落蒂此番遊歷的範圍，主要是獅山遊憩區古道沿線（靈霞洞、望月亭、勸化堂），以及獅頭山的臨近景點（水濂洞）：

　　　　真的不明所以
　　　　好像有光在廟宇屋脊
　　　　眾人燃香跪拜禱告
　　　　而我卻在仔細研究
　　　　這山形到底
　　　　是老虎還是獅子
　　　　那山頭仍不斷起伏

　　　　不斷起伏的山頭
　　　　竟是一般的設計
　　　　水濂洞突然搬來這裡
　　　　靈霞洞誰能瞧見霞光
　　　　望月亭有幾人能望到月亮

　　只有勸化堂的鐘聲

　　敲濕了許多人的眼眶

　　求財不得求利不得

　　求長命百歲更不得

　　他們哪知道遠在宋朝

　　東坡就寫了洗兒詩

　　那當然也求之不得

　　罷了　　罷了

　　我聽見山中傳來

　　低沉的嘆息聲

　　如果把此詩看作是旅中觀察及所思的記錄，恐怕其中暗帶鋒芒，存著一定的諷責意味。例如，「水濂洞突然搬來這裡」的「突然」二字，似乎是指該地點當初的命名者憑空移用了《西遊記》廣為人知的洞府名稱，以作招徠，多少有點像龔鵬程（1956- ）〈人生誤旅〉曾提到的：「觀光事業有待發展，各地父老強欲為其地方製造名賢事迹，瞎編胡謅，所在多有。」[1]此外，「靐雷洞誰能瞧見霞光」、勸化堂「求財不得求利不得／求長命百歲更不得」等，則令人想到張君默（張景雲，1939- ）〈不求福不求壽〉一文的諷刺——張君默記遊西安碑林時，曾看見斗大的碑刻單字如「虎」、「鵝」等，而「福」、「祿」和「壽」三字竟被遊客摸得黑油油的，以致張氏不禁謂：「遊人都迷信：摸什麼便得什麼！」[2]

1　龔鵬程：《自由的翅膀》（臺北市：九歌出版社有限公司，2005年），頁215。

2　陶然（涂乃賢）主編：《秋日邊境——〈香港文學〉散文選（2000年9月-2003年6月）》（香港：香港文學出版社有限公司，2003年），頁90。

　　然而，上述解讀儘管算是有其根據，卻似乎未能籠括〈獅頭山〉全部詩行，必須繼續發掘文本的指涉對象，方可完全理順落蒂之思。事實上，〈獅頭山〉的旅遊行腳僅為表相，對命運的思索才是詩人意之所注。

　　詩的第一節，「眾人燃香跪拜禱告」，想要透過宗教神靈之助，趨吉避凶，以踏上較好的命途，而落蒂卻不屑一顧，很快便把注意力轉往別處。他「仔細研究」，敏銳的詩人觸角漸漸視整座獅頭山為具體化之「命運」：「山頭仍不斷起伏」象徵「命運」之恆常變幻，一時像「老虎」，一時像「獅子」，誰人能準確把握呢？

　　詩第二節接續前文，「不斷起伏的山頭」一行再度暗示「命運」之變動不居，而「竟是一般的設計」則是指這種「無常」乃是「常」，唯一「不變」的便是「變」，只有「起伏」是最「穩定」的——用黃霑（黃湛森，1941-2004）的歌詞表達，即為「知否世事常變　變幻原是永恆」。具體地說，「水濂洞突然搬來這裡」乃指不期之事也會無端現前，叫人意外；蒼生縱或自顧自把洞府命名為「靈霞」，把亭子題作「望月」，希望能藉語言召喚美好事物，但「命運」難料，如願能「瞧見霞光」、「望到月亮」的人恐怕不多。

　　當留意的是，第二節「靈霞洞」、「望月亭」的命名和首節的「跪拜禱告」遙相對應，兩者均是人們以言語招引好運的嘗試。到〈獅頭山〉第三節，落蒂正面交鋒，直接戳破這種舉動的虛妄性。他說：「求財不得求利不得／求長命百歲更不得」，想藉「燃香跪拜」圖取福、祿、壽者，往往只能失望而回，僅僅是「眼眶」多了點淚水。

　　第三節後半，落蒂另引蘇軾之作，以為旁證。蘇軾〈洗兒詩〉謂：「人皆養子望聰明，我被聰明害一生。唯願孩兒愚且魯，無災無難到公卿。」他切望兒子莫被「聰明」牽累，一生「災」、「難」俱無，仕途通達。可是，兒子的「愚且魯」未必可期，位至「公卿」更

是難期——長子蘇邁（1059-1119）僅以駕部員外郎卒，次子蘇迨（1070-1126）曾為承務郎，後被貶官，竄居番禺，三子蘇過（1072-1123）嘗監太原府稅，任郾城知縣，最後也只「權通判中山府」。至於〈洗兒詩〉的「孩兒」蘇遁（1083-1084），嗚呼哀哉，竟是夭折於蘇軾奔波顛簸的流離旅途上，際遇悲慘——大文豪以言語寄託盼想，尚且是「求之不得」，平凡人的「禱告」又何敢指望有成呢？

　　不過進深一想，落蒂以詩諷世，何嘗又不是對「言語」有著憧憬呢？他以卓犖成家的文豪為例，但平凡民眾自有千百種諸如「文章憎命達」的反駁，他要說動人停止「燃香跪拜」，亦談何容易？前述曾言及龔鵬程之〈人生誤旅〉，該文有謂：「我常會想站出來抗辯一番，但總是廢然而止……即或信了我的解說，此亦不過『許多說法』裡的一種罷了。況且，想到人生、想到學問，我就虛乏了，還抗辯什麼？」[3]借用來想像落蒂之無可奈何，亦甚熨帖。

　　是以在〈獅頭山〉的結尾，落蒂內心透亮，卻已放棄申述其主張。「罷了　罷了／我聽見山中傳來／低沉的嘆息聲」，面對無解的世相，他也只能與空谷相應，只能低語「嘆息」，只能安於無奈——這，不也正是「命運」嗎？

3　龔鵬程：《自由的翅膀》，頁216。

命運就算顛沛流離：
說落蒂的豁然與執持

　　落蒂於〈命運〉曾言：「命運往往／不是按著節拍／來的／它有時是／頓／有時是／一連串滑音」，明示了前途之難以逆料[1]。往大處看，這番哲理適用於整個人生，也適用於整體社會歷史發展；但往小處想，則簡單如投稿中標與否，亦常常使人感到意外。落蒂二〇一八年四月一日登載於《中華日報》副刊的〈葉子〉即寫道：「一片被我忽視的黃葉／悄然落地，另一片我一直心儀／卻仍高掛枝頭飛舞」。在這裡，被「忽視」的「黃葉」隱指較普通的、落蒂沒有太看重的詩篇，可它偏「悄然落地」，實實在在地佔據了徵稿園地的一角；相反的，落蒂「一直心儀」的傑作卻猶然被編輯束之高閣，懸「掛」不發，其「飛舞」的文采依舊沒能接觸象徵讀者的土壤。

　　當然，說是往小處想，這小者復可象徵大者──較普通的文稿喻指才華不高的寫手，而傑作則代表卓犖的詩家，前者的「冠蓋滿京華」常常益顯得後者「斯人獨憔悴」。

　　作為文壇的一員，落蒂自己是如何看待這種「命運」的呢？與〈葉子〉同時刊出的〈飛盤〉說道：「在我心中盤旋／日夜不停困擾我的／那飛盤／在我都不理它時／不知什麼時候／已經飛入／蒼穹」。他雖一度為「命運」而感到「困擾」，但「莫聽穿林打葉聲」，

---

[1]　落蒂在散文〈人類能掌握自己的命運嗎？〉裡亦有相類意見。

不去管這些過眼得失，得失之念就隨而被拋到九霄雲外，「鴻飛那復計東西」、「也無風雨也無晴」。

在散文〈致某詩人〉中，落蒂曾記述過朋友為文壇上庸人獲獎得勢、賢才落榜失意而大感無奈，落蒂的想法是：「人的際遇，古今中外皆然，平庸者平步青雲，比比皆是，你奈他何？最主要的是自己如何自處了。」具體的「自處」良方，一條是撇開名利羈絆：「選擇了寫詩這條路，尤其是純粹的創作，若不能擺脫世俗的名繮利鎖，那『痛苦』就無法避免了」。這條良方，與蘇軾〈前赤壁賦〉的「且夫天地之間，物各有主，苟非吾之所有，雖一毫而莫取」暗合；用《增廣賢文》的話來說，即是「命裡有時終須有，命裡無時莫強求」。

另一條藥方是轉移專注的方向，如〈致某詩人〉的「為樂須及春」：「人生本來就如幻似真，詩人，何必太強求……讓我們擺開這些世俗的煩惱，一起去切幾盤豬頭肉，痛快喝幾盅吧！」而在〈山澗的水聲〉一文，落蒂則傾心於自然界的美好：「車子轉進了山區，兩旁的狹谷在雨後顯得格外清翠，溪谷中傳來陣陣潺潺的水聲……這世界總有幾塊乾淨土地吧！何必光是把視線焦點集中在那些不合理的事務上困擾自己」。有趣的是，落蒂這兩篇文章的想法適正像蘇軾〈前赤壁賦〉安慰愁苦客人後的「洗盞更酌。餚核既盡，杯盤狼籍」，以及安慰客人時提到的：「惟江上之清風，與山間之明月，耳得之而為聲，目遇之而成色，取之無禁，用之不竭。是造物者之無盡藏也，而吾與子之所共適。」

值得留意的是，落蒂豁然地面對「命運」，但絕非毫不作為地等待「命運」的「頓」與「滑音」，這就如蘇軾既有〈定風波・三月七日〉「也無風雨也無晴」的達觀，也有後續作〈浣溪沙・游蘄水清泉寺〉的進取：「誰道人生無再少，門前流水尚能西。休將白髮唱黃雞。」落蒂刊於二〇一四年六月九日《聯合報》之〈心願〉全文謂：

　　妳不要問我為什麼一直站在那裡

　　踏是我多年的心願

　　在妳夜歸的路上

　　我是一動也不動

　　一盞照明用的

　　路燈

　　篇內「一盞照明用的／路燈」脫胎自鄭愁予（鄭文韜，1933- ）〈野店〉：「是誰傳下這詩人的行業／黃昏裡掛起一盞燈」，意指以詩文照亮人心。「命運」似乎沒有善待落蒂，沒有給他名、給他利，以致有時旁觀者想「要問」他「為什麼一直站在」詩人的崗位上。落蒂卻不管「命運」如何安排，只是「一動也不動」地散發光芒，奮鬥恆年，筆耕不輟，無改其寫作之志，克盡了詩人本分。星雲法師（1927- ）〈佛教對命運的看法〉談到：「信仰的力量是不待言的，而信仰的對象並不侷限於宗教。像藝術家對於藝術的熱愛，視藝術的完成為他的信仰，因此甘願嘔心瀝血的從事藝術創造」[2]，這段話確可移用來形容視詩為「信仰」、是以無懼「命運」順逆的落蒂[3]。

2　星雲：《星雲法師釋佛：修行在現代化的淨土》（北京市；中國長安出版社，2005年），頁151。

3　本篇標題取自李克勤（1967- ）作詞並演唱之〈紅日〉，〈紅日〉的歌詞如「讓晚風輕輕吹過　伴送著清幽花香像是在祝福你我」與落蒂〈山澗的水聲〉移情自然頗能相應，而「別流淚　心酸　更不應捨棄」等句，則又切合落蒂在豁達中保持上進的精神。

哲理騰飛，結構妙舞：
落蒂系列作「詩茶飛舞」詳析

　　落蒂因往馬祖遊歷，而寫出合共六首的系列作「詩茶飛舞」，全部收進二〇一七年十二月出版之《創世紀詩雜誌》一九三期。根據《鯨魚說》所錄的版本，六首詩的順序為〈詩茶畫飛舞夜〉、〈廢船〉、〈行船人生〉、〈等待〉、〈茫然〉和〈變化〉，以下則嘗試從〈變化〉回讀，探析落蒂在其中傳達的哲思：

　　　　海不時變換不同的波浪
　　　　敵人也不時變換來犯的方向
　　　　時間也一直變換黑色白色
　　　　只有射擊口的角度沒變
　　　　一直對著
　　　　死亡的方向
　　　　對著伊於胡底的方向

　　以上七行即〈變化〉，其中「海」、「敵人」和「時間」分別寓指地利、人和與天時，三者不斷「變換」，使得歷史的道路有著無量無數的岔口，人類的發展也因之充滿了各種不確定性。唯一「沒變」的，是在死神面前，人人平等，蒼生皆在其「射擊口」下迎向「死亡」。「死亡」後的世界如何？落蒂說是「伊於胡底」，全然無法把握。

往前翻，是〈茫然〉一作：

來到這麼美的聚落
以為到了
陶淵明所描述
避秦亂的桃花源

豈知
那退潮的沙灘
曾留下
戰爭的砲彈碎片

這麼美的地方
人們的手
只能一手抓地
一手抓天

再怎麼都是
茫然

　　既然年壽有盡，「想人生有限杯，渾幾個重陽節」，人類自應減少無謂紛爭，同享和樂。可是，世間淨土難尋，落蒂以為自己所參訪的「聚落」美麗如斯，定然是陶淵明（約西元365-427年）描摹的世外桃源，能避過戰火無情的「秦亂」。殊不知，聚落旁的「沙灘」埋著許多「戰爭」遺物，每日「退潮」之時，人們只需「一手抓」，便能拾起大量的「砲彈碎片」。

　　這一描述，呼應了杜牧（西元803-852年）著名的〈赤壁〉：「折戟沉沙鐵未銷，自將磨洗認前朝。」在黃州赤壁，蘇軾即曾感慨：「大江東去，浪淘盡、千古風流人物」，眾多豪傑親冒矢石、南征北討，到底還只是落得個「茫然」的下場。落蒂「抓」著一把「砲彈碎片」，問「天」、問「地」：何以人類尚不省悟，而要繼續追求這虛空的「茫然」呢？

　　再前一作是〈等待〉：

　　　歷史的腳步
　　　註定是步步艱難啊
　　　一層層石階
　　　是向上提升
　　　或
　　　向下沉淪

　　　往往聽聞儘是
　　　悲涼哭聲
　　　而我們奮力走上
　　　那個起伏的浪頭

　　　莫非
　　　等待
　　　流浪的倦鳥
　　　或是
　　　異地歸帆

　　由於人們不肯放開對建功立業的索求，「荼毒生靈，萬里朱殷」的彼此攻伐在所難免，是以「歷史的腳步」一路走來，「步步艱難」，頓挫的戰爭佔據了史冊上太多的篇幅。野心家往往承諾為人類創造一個更好的世界，可事實真的如此嗎？浩繁的戰爭，是教人「向上提升」，抑或使人「向下沉淪」？落蒂在新詩〈小雁塔〉、〈大阪城〉、〈旅日抒懷〉、〈億載金城〉，以及散文〈我的祈禱詞〉等篇屢屢控訴侵略者[1]，其真實的想法呼之欲出。

　　〈等待〉的第一節主要集中在發動戰爭的統治者身上，他們如〈變化〉所述，「不時變換來犯的方向」，掀起國土邊界「不同的波浪」，「一直變換黑色白色」地玩著改朝換代的凶險遊戲。到了〈等待〉第二、三節，落蒂則把注意力放回百姓身上。「往往聽聞儘是／悲涼哭聲」這兩句脫胎自杜甫〈閣夜〉的「野哭幾家聞戰伐」，道出了戰禍對民間的深深傷害。奈何，無數個同樣來自民間的「我們」卻仍熱衷於奔向戰場，以士兵的身分「奮力走上／那個起伏的浪頭」，參與損人損己的殺戮和破壞[2]。

　　不同於「有吏夜捉人」之受到脅逼，這批士兵乃是主動出擊。落蒂唯有請他們細思：當他們「走上」槍林彈雨的「浪頭」時，他們在家的親友也將傷心地「走上」可遠眺的地方，「等待／流浪的倦鳥／或是／異地歸帆」，苦盼著「鳥倦飛而知還」，苦盼著「天際識歸舟」，卻恐怕鳥已鎩羽，有去無回，「過盡千帆皆不是」——是的，

1　落蒂所指控的野心家不少，除了讓世界捲入二次大戰的阿道夫・希特勒（Adolf Hitler, 1889-1945）、貝尼托・墨索里尼（Benito Mussolini, 1883-1945）和東條英機（TOJO Hideki, 1884-1948）外，還有拿破崙一世（Napoleon I, 1769-1821）、「秦皇漢武」、成吉思汗（約1162-1227）等。

2　在二十一世紀，部分參與伊拉克戰爭的美國年輕人懷著打電子遊戲的心態奔赴前線，叫人心寒。可參考Evan Wright, *Generation Kill: Devil Dogs, Ice Man, Captain America, and the New Face of American War* (New York: G. P. Putnam's Sons, 2004)。

「往往聽聞儘是／悲涼哭聲」的「哭」不只是來自受戰火牽連的流離之民，也來自戰士的親朋及陣亡者本身，如杜甫〈兵車行〉曾描寫過的：「牽衣頓足攔道哭，哭聲直上干雲霄」，「君不見，青海頭，古來白骨無人收。新鬼煩冤舊鬼哭，天陰雨溼聲啾啾！」

繼續上溯到〈行船人生〉：

　　海面那條地平線啊
　　為何一直
　　不見

　　人們勤奮得
　　像永不止息的太陽
　　每天從東邊的山
　　躍起
　　又從西邊的海
　　落下

　　只是每個夜晚
　　我等待的星月哦
　　往往有時模糊
　　有時
　　帶淚

　　人生畢竟也像行船
　　可能走在
　　沒有航道的航道

即使

有航道也不知是否

下面有暗礁

　　落蒂〈茫然〉和〈等待〉的主題在戰爭，而〈行船人生〉則把範疇擴大，指涉一切對功業名聲的追求。〈行船人生〉的首兩節化用了馬致遠（約1250-1324前）的〈夜行船‧秋思〉：「蛩吟罷一覺才寧貼，雞鳴時萬事無休歇。爭名利何年是徹？」落蒂以不可抵達的「地平線」取代永無饜足、「何年是徹」的欲望，又以「永不止息的太陽／每天從東邊的山／躍起／又從西邊的海／落下」取代「蛩吟罷」和「雞鳴時」兩句，轉化頗稱巧妙。

　　營營役役的人生在落蒂看來不僅是「帶淚」的，更嚴重的是，拼命追逐往往變成為追逐而追逐，起初的目標、理想反而日益「模糊」不清，令人迷失[3]。林夕（梁偉文，1961-　）為張國榮（張發宗，1956-2003）填寫的〈追〉便曾唱道：「一追再追　只想追趕生命裡一分一秒　原來多麼可笑」。

　　另外，為追逐而追逐也不見得必然成功──相較於魯迅（周樟壽，1881-1936）「地上本沒有路，走的人多了，也便成了路」[4]的說法，落蒂較認同歐陽修〈送徐無黨南歸序〉所謂「施於事者，有得有不得焉；其見於言者，則又有能有不能也」，認為想要獲得名利的人

3　落蒂以「星月」象徵理想，此可以參考奚密：〈星月爭輝──現代漢詩「詩原質」舉例〉，《現當代詩文錄》（臺北市：聯合文學出版社有限公司，1998年），頁77；〈流放與超越：作為悲劇英雄的詩人〉，《現代漢詩──一九一七年以來的理論與實踐》（*Modern Chinese Poetry: Theory and Practices since 1917*），奚密、宋炳輝譯（上海市：上海三聯書店，2008年），頁54。

4　魯迅（周樟壽）：〈故鄉〉，《魯迅全集》，《魯迅全集》修訂編輯委員會總編注，第一卷（北京市：人民文學出版社，2005年），頁510。

有時更像「走在／沒有航道的航道」上，只能打轉、迷途，白費氣力。即使確實「有航道」，這條「航道」也必危機四伏、敵意處處，「下面有暗礁」，沉酣名利者能保證臻至目標、滿載而歸嗎？抑或是會因「暗礁」而擱淺，十足《莊子》〈逍遙遊〉的狸狌，「東西跳梁，不避高下；中於機辟，死於罔罟」呢？

　　落蒂在〈廢船〉寫道：

　　　夕陽的餘暉
　　　照不到
　　　清晨的微曦
　　　一艘報廢的船
　　　躺在荒涼的野地

　　　聽不見
　　　新船的汽笛聲
　　　近了又
　　　遠去

　　可以說，〈行船人生〉已否定以名利為終極追求，可作兩解的〈廢船〉則再就此一觀點進行補充。第一種解釋是延續馬致遠的〈夜行船・秋思〉，「夕陽的餘暉／照不到／清晨的微曦」是由「眼前紅日又西斜，疾似下坡車。曉來清鏡添白雪，上床與鞋履相別」轉來，可解作「夕陽」落下，明晨「微曦」再現，卻已不同於昔，有所老化，這與「曉來清鏡添白雪」一句尤其相關；讀者亦可視「夕陽」西沉象徵人生謝幕，無緣復見翌日「微曦」，這則與「上床與鞋履相別」的死亡意味相契。無論是慨嘆易老或人生短促，落蒂這三行詩都能自然而然

地導出生命容易「報廢」、未久即會「躺在荒涼的野地」這一事實。

關於「野地」，馬致遠〈夜行船‧秋思〉亦有言：「想秦宮漢闕，都做了蓑草牛羊野。不恁麼漁樵無話說。縱荒墳橫斷碑，不辨龍蛇。」輝煌的秦漢宮闕已成「荒涼的野地」，叱吒風雲的王侯將相也如杜甫說的：「臥龍躍馬終黃土」，一生功業在碑文磨蝕的墳塋下隱而不彰，以致賢愚莫辨，當初辛苦儼如「報廢」。順此閱讀，落蒂詩後文的「聽不見／新船的汽笛聲／近了又／遠去」乃指：在接續秦漢的朝代，「新船」隱喻的豪俊又再鳴笛出發，開拓事業，但其功勳終歸消逝，沒能被後世聽聞。奇妙的是，這也與馬致遠〈夜行船‧秋思〉疊合：「投至狐蹤與兔穴，多少豪傑。鼎足三分半腰折，魏耶？晉耶？」其中提到的魏晉，即是踵躡秦漢之王朝。

落蒂的〈廢船〉尚有順接《莊子》〈逍遙遊〉的第二種解釋，與上一版本略異，「船」的「報廢」並非由於時間淘洗，而是由於人在世時便已主動放棄事功所致。〈逍遙遊〉說：「神人無功，聖人無名」，與其耗損生命來尋索身外之物，不如悠閒地「躺在荒涼的野地」，在「無何有之鄉，廣莫之野」逍遙地「寢臥」；雖云「報廢」，雖云「無用」，卻自有「不夭斧斤，物無害者」的「大用」，那麼，又「安所困苦」呢？正因採取這種養生之道，自行「報廢」之人當然是「聽」而「不見」，懶理引誘自己出發圖功的、「新船的汽笛聲」，任它們「近了又／遠去」，恰似拒絕仕宦、「曳尾於塗中」的莊周（約西元前369-約前286年）。

回到「詩茶飛舞」的首篇〈詩茶畫飛舞夜〉：

　　學者詩人正講述著詩和茶
　　詩人畫家也加上畫的美好芬芳
　　作家巧妙回答來賓的問難
　　室內一片溫馨和諧

誰也不願再提起那些野心家
曾經把這裡當跳板
操弄魔術的指揮棒
極力往權位的高峰邁進
為他們犧牲了無數人命
忍不住要問牛峰境的神明
為何祢一直靜靜坐在那裡
對世事無言

在這個不安的海域
一直顯現著顫慄性的美
五靈公啊、祢是如何看待
騙子一直洗腦人們若因聖戰而死
可以得永生

　　落蒂佩服莊周和馬致遠的哲思，嚮往他們的境界，卻也深知現代人不容易複製莊、馬的生命形態。稍退一步，落蒂提出，即使無法做到全然出世，人也可選擇暫從名利場中抽身，徜徉在不求實用的藝術花園裡安享閑適——〈詩茶畫飛舞夜〉首節的重點，即在於詩人、畫家等創作者能共同營造出「一片溫馨和諧」的氣氛，使疲於爭逐的心靈息慮忘機。

　　〈詩茶畫飛舞夜〉第二、三節的宗旨也與首節呼應，帶出縱使人無法如莊周般「無功」、「無名」，如馬致遠般完全視功名為虛妄，但起碼，他們能選擇較有利於大眾的事業來發展，摒棄〈茫然〉和〈等待〉所指斥的、禍莫大焉的戰爭。落蒂說：歷世歷代的「野心家」私心作祟，「極力往權力的高峰邁進」，以致「犧牲了無數人命」，這實

在令人不忍再「提起」。

末了，落蒂因眼前即是牛峰境五靈公廟，聯想起宗教與戰爭的關係，遂質問道：神明何以「靜靜」無聲，不管世間的紛亂呢？更甚者，宗教「騙子」時常以「永生」誘惑無知者，「洗腦」出一代復一代熱衷「聖戰」的信徒，令他們像〈等待〉的士兵般「奮力走上」戰場前線「起伏的浪頭」，神明又是怎樣看的呢？

經此梳理，我們可發見〈詩茶畫飛舞夜〉第二、三節看似突兀，實際卻是很好地呼應了〈茫然〉、〈等待〉的反戰主題，給出對〈行船人生〉、〈廢船〉中莊周、馬致遠思想「雖不能至，心嚮往之」的折衷道路，並拓展出宗教向度的聯想，留下讓讀者共同思索的廣袤空間，誠可謂一舉三得。

末已，試再勾勒〈變化〉等六篇如何構成多層次的相互連結——

（一）主線脈絡：〈變化〉明指人生有限，〈茫然〉、〈等待〉順承之，痛心人何以仍要發動戰爭；至〈行船人生〉，則把關注延伸，及於一切事功，〈廢船〉更大力發揮莊、馬的出世觀點，最後由〈詩茶畫飛舞夜〉提出折中方案收結。

（二）戰爭與易代：〈變化〉的「射擊口」原是象徵命運，到〈茫然〉即化生出「砲彈」；〈變化〉的「時間也一直變換黑色白色」原指天時，到〈等待〉則化生出改朝換代，而改朝換代也與〈廢船〉的「新船」意象相聯。此外，〈變化〉隱含著天時、地利、人和，這三項因素使得各方陣營拉鋸互鬥，正是〈茫然〉和〈等待〉戰爭不息的背景；到〈詩茶畫飛舞夜〉，「野心家」及「聖戰」接樺〈等待〉中引導「歷史的腳步」的統治者及「奮力走上／那個起伏的浪頭」的士兵。

（三）船與海：〈等待〉結尾寫「歸帆」，「歸帆」借代為「船」，然後〈行船人生〉、〈廢船〉皆延續「船」的想像，並把其意涵擴大指「人生」，而〈詩茶畫飛舞夜〉亦有「不安的海域」與之相承；同

時，〈詩茶畫飛舞夜〉「不安的海域」能與〈變化〉之「海不時變換不同的波浪」遙接，達至首尾呼應的效果。

（四）宗教：〈詩茶畫飛舞夜〉的神明「對世事無言」，只承諾來生，而〈變化〉則早就說過死後世界不知「伊於胡底」、不能設想，其對宗教的否定可謂一脈相連，前後相呼；在〈茫然〉，落蒂「一手抓地／一手抓天」，向天地的主宰發問而終感「茫然」，這也為〈詩茶畫飛舞夜〉之質疑神明預作鋪墊。

（五）莊周：〈等待〉的「下面有暗礁」引出《莊子》〈逍遙遊〉的「中於機辟，死於罔罟」，其後〈逍遙遊〉「寢臥」於「無何有之鄉，廣莫之野」的想像，化成了〈廢船〉的「躺在荒涼的野地」；更重要的，是〈逍遙遊〉「神人無功，聖人無名」的哲思主導了〈廢船〉的想法。

（六）陶淵明：〈茫然〉提及寫〈桃花源記〉的陶淵明，〈等待〉「流浪的倦鳥」以「鳥倦飛而知還」為本，亦是取自陶淵明的〈歸去來辭〉。〈桃花源記〉有句云：「不知有漢，無論魏晉」，以字面意思言，實與〈廢船〉隱含的、馬致遠談「漢闕」成荒野，以及「魏耶？晉耶？」的追問完全疊合。

（七）杜甫：〈等待〉的「往往聽聞盡是／悲涼哭聲」二行，化用自杜甫〈閣夜〉的「野哭幾家聞戰伐」，而杜甫〈閣夜〉的「臥龍躍馬終黃土」也是〈廢船〉含藏的觀念。

（八）馬致遠：〈行船人生〉不只題目名與馬致遠〈夜行船・秋思〉巧合相應，其首節、次節皆可算〈夜行船・秋思〉「蛩吟」、「雞鳴」與「何年是徹」的改寫，而後續的〈廢船〉則擴散至〈夜行船・秋思〉批駁建立功業的部分；特別的是，〈夜行船・秋思〉所言「百歲光陰如夢蝶」、「今日春來，明朝花謝」、「想人生有限杯，渾幾個重陽節」等，皆是〈變化〉「射擊口的角度沒變／一直對著／死亡的方

向」之先聲；又，〈變化〉言天時、地利、人和，易使人想起各執其一的魏、吳、蜀三國，而〈夜行船・秋思〉「鼎足三分半腰折」，亦見於〈廢船〉的合理釋義中。

統合來說，落蒂的系列作「詩茶飛舞」氣脈連貫，組織完善，讀者如能通曉其表、裡各層的設計，則自然有利於深入欣賞詩人的技藝與思維。

圍繞〈橘子〉的聯想：
讀落蒂散文詩

　　落蒂曾於《中華日報》開設專欄「讀星樓小品」，刊發的則主要為散文詩。後來專欄文章與其他篇什一併出版，考慮到市場反應，仍舊以《落蒂小品集》命名。「小品集」中，〈橘子〉不足百字，文句平易，卻能彰顯落蒂詩含義深廣的風格。〈橘子〉謂：

> 從市場買菜、買水果回來經過每天經過的早餐店，看到每天在翻垃圾桶的遊民，正在吃一顆腐爛的橘子。
> 「那個不要吃了，這個好的給你。」我拿了一個新鮮的橘子遞給遊民。
> 「不都是橘子嗎？」他拿著我給他的橘子，吃著他自己撿的橘子走了。

　　屈原的〈橘頌〉曾稱橘子「行比伯夷」，而提及伯夷，讀者很難不聯想到其人不食周粟、餓死於首陽山上。《孟子》〈告子上〉有云：「一簞食，一豆羹，得之則生，弗得則死。嘑爾而與之，行道之人弗受；蹴爾而與之，乞人不屑也。」《禮記》〈檀弓下〉則載：「齊大饑，黔敖為食於路，以待餓者而食之。有餓者蒙袂輯屨，貿貿然來。黔敖左奉食，右執飲，曰：『嗟！來食。』揚其目而視之，曰：『予唯不食嗟來之食，以至於斯也。』從而謝焉；終不食而死。」落蒂此篇

的「我」固然沒有「嘑」、「蹴」或「嗟」的成分，遊民的回應卻不完全友善，一句反詰，似透露〈告子上〉乞者的「不屑」、〈檀弓下〉餓人的自尊。自然，遊民還是拿過「我」給他的橘子，這亦無損其形象。《禮記》〈檀弓下〉續謂，曾子（曾參，西元前505-約西元前432年）在聽聞餓者拒絕黔敖一事之後說：「微與？其嗟也可去，其謝也可食」，表示只要施予者改正「嗟」的錯誤，餓者就可坦言接受飲食，不必如伯夷一樣「不食而死」──更何況，落蒂的〈橘子〉裡，「我」本就沒「嗟」過遊民。

　　遊民的話也頗堪玩味，他說：「不都是橘子嗎？」現代果農把水果賣給超級市場，超級市場專挑品相美觀者，而其實落選的橘子依然是橘子，營養相等，口味亦佳──流傳甚廣的「鈔票」比喻亦然，鈔票即使被弄皺、弄污，其價值仍舊不變。如此看來，遊民的「橘子」話中有話，乃是藉水果自況，儘管他淪落街頭、毫不風光，其作為人類的本質還是未改，自然是不可輕侮。遊民迴避了橘子已「腐爛」的衛生問題，拋出反詰，導出了哲學之思外，亦令人想起《晏子春秋》〈雜篇下〉的「橘越淮而枳」──晏子（晏嬰，西元前578-前500年）以橘「生於淮北則為枳」比喻齊人「入楚則盜」，順此推衍，即「不都是橘子嗎」實暗寓遊民沒有「為枳」為「盜」，他是奉公守法者，拒絕損人以利己。《論語》〈里仁〉曰：「貧與賤是人之所惡也，不以其道得之，不去也」，遊民雖生活困苦，卻不失君子精神。

　　最後，試著把眼光放在施予的「我」身上。在落蒂另首散文詩〈遊民〉裡，這位「我」早已登場，他曾為髒兮兮的遊民「流淚」，心中追問：「他沒有家嗎？親人在哪裡？」顧念著他所不認識的過客。「我」雖強調自己的橘子是「好的」，令遊民有了小小不快，但「我」畢竟沒有「嗟」、「蹴」、「嘑」的傲慢，熱心腸足以為法。落蒂挑選「橘子」為連結「我」和遊民的主要事物，並且以之為散文詩標

題，這又引出兩重聯想。其一，是《二十四孝》中陸績（西元188-219年）「懷橘遺親」的軼事：

> 後漢陸績，年六歲，於九江見袁術。術出橘待之，績懷橘二枚。及歸，拜辭墮地。術曰：「陸郎作賓客而懷橘乎？」績跪答曰：「吾母性之所愛，欲歸以遺母。」術大奇之。

其二，則是朱自清（朱自華，1898-1948）寫於一九二五年、至今卻仍然為人熟悉的散文〈背影〉。〈背影〉寫作者父親爬鐵路去買橘子的一幕，堪稱現代文學之經典：

> 我看見他戴著黑布小帽，穿著黑布大馬褂，深青布棉袍，蹣跚地走到鐵道邊，慢慢探身下去，尚不大難。可是他穿過鐵道，要爬上那邊月臺，就不容易了。他用兩手攀著上面，兩腳再向上縮；他肥胖的身子向左微傾，顯出努力的樣子。這時我看見他的背影，我的淚很快地流下來了。我趕緊拭乾了淚，怕他看見，也怕別人看見。我再向外看時，他已抱了朱紅的橘子望回走了。過鐵道時，他先將橘子散放在地上，自己慢慢爬下，再抱起橘子走。到這邊時，我趕緊去攙他。他和我走到車上，將橘子一股腦兒放在我的皮大衣上。於是撲撲衣上的泥土，心裡很輕鬆似的……[1]

陸績的「懷橘」強調事親，朱自清老父的「買橘」則渲染愛兒。

1　黎娜主編：《中華美文大全集》（北京市：中國華僑出版社，2010年），頁49。

在落蒂的〈橘子〉裡，「橘子」即聯繫上陸績和朱自清之父[2]，從而引導讀者思考「我」與遊民間親子愛的可能──「我」和遊民非親非故，但把常人的親子之愛擴而充之，便是《孟子》〈梁惠王上〉高揚的「老吾老，以及人之老；幼吾幼，以及人之幼」了。在〈遊民〉中，落蒂隱隱批評政府只知「高談社會經濟發達以後的社福政策」，遠水難救近火，終無補於「我」眼前遊民（及眾多底層人士）涸轍之鮒的困境。那麼，不待政府籌措，已受過「庠序之教」、明瞭「孝悌之義」的普通人又是否能像「我」般挺身而出[3]，「勿以善小而不為」，透過簡單的分享舉動，早一步去改變這個世界呢？

2　無獨有偶，落蒂〈遊民〉寫「我」目睹遊民離開，也是說：「看著他的背影消失，我竟流淚了。」朱自清〈背影〉的親子之愛，乃是多層次地與落蒂思考的「我」與遊民形象疊合。

3　在〈遊民〉中，早餐店老板給遊民送漢堡和飲料，但其他旁觀者的反應倒是非常冷漠，在剛注意到遊民之時，「所有顧客都停住了低聲交談，停住了享用早餐，尤其停住了情人的親熱」，視遊民干擾了原先快樂的氛圍，造成了不快。

輯四

愛情

永恆愛侶的時光問答：
落蒂〈其實妳知道我〉略析

　　落蒂的〈其實妳知道我〉登載於二○二一年三月十五日《中華日報》副刊，配合詩人獻給愛妻的新著《時光問答》，篇中的「妳」當非「靜帆」莫屬。〈其實妳知道我〉第一節謂：

　　　　妳知道我的心
　　　　怕我被黑鴉痛啄
　　　　怕我墮入迷人
　　　　粉色蝴蝶谷
　　　　更怕我
　　　　一直在山風海雨中狂奔

　　在首兩行，「妳」害怕「我」被「黑鴉痛啄」──不祥的「黑鴉」代表詩界的惡意批評者。落蒂〈隨想曲之七〉就曾寫過：「電線上坐著一整排麻雀／譏笑吵鬧不停」，以惹人不快的鳥類隱喻無端相輕的文人。因此，〈其實妳知道我〉之所謂「黑鴉痛啄」，實指文藝圈的攻訐聲音刺人心傷。

　　其次，「妳」也害怕「我」會被其他女子的美色所迷，以致墜入「粉色蝴蝶谷」。此無他，「我」縱循規蹈矩，但愛情如弗羅姆所說，

乃是「排他」的[1]，愛得夠深，自然要預先提防接近「我」的異性。

接著，「妳」更加「怕我／一直在山風海雨中狂奔」。「山風海雨」象徵的是禁忌處處、危機四伏的現實社會。視「我」為落蒂本身，「我」因俠客精神甚強，常會不顧後果，「狂奔」直進。例如，落蒂在《時光問答》的後記自述：「年輕不懂事，為救一位同學，只提了一句：蔣公丟掉大陸都可以帶領我們……竟然被說成：污衊國家元首的滔天大罪，還好一位辦人二的老師極力奔走才沒事」。「妳」看重「我」的安全，因之常提醒「我」不能在「風」中「雨」中一味「狂奔」，需要謹口慎言。

〈其實妳知道我〉的次節云：

> 妳知道沒有人可以駕駛
> 那一直到處狂繞
> 到處飛起又跳下
> 滿山滿谷的飛躍之精靈

這一節較易理解，舉凡「狂繞」、「飛起又跳下」等，皆是寫詩人之創作靈感——「我」滿腦袋（「滿山滿谷」）都是詩的「精靈」在「飛躍」。對於熱愛文藝的「我」來說，靈感充沛固然是好事。可是在功利社會中，詩不值錢，耽於寫詩甚至會耗掉賺取財利的時間和精神。落蒂的〈淒涼〉曾暗示，燃點一首詩，盼望能「為冬日的生活點火」，奈何微薄的稿酬實無法讓人擺脫「淒涼」處境；在《山澗的水聲》中，落蒂亦曾試過被親戚譏諷沉迷寫詩、脫離實際[2]。

1　Erich Fromm, *The Art of Loving* (London: George Allen & Unwin, 1957), p.55.

2　落蒂〈讓我們的社會像一座大花園〉（初刊一九八四年四月十一日《商工春秋》）：「酒過三巡，我那身為主人的表姊夫竟然冒出了一句：『各位長官，我這位兄弟，

順承次節，〈其實妳知道我〉的第三節是：

> 而妳一直知曉我
> 一直站在我身旁
> 隨我東奔西竄
> 妳隨著我的路而彎進彎出

雖然「我」難言富貴，但「妳」卻願意「一直站在我身旁」，不離不棄，無怨無尤。這一節詩，確有其豐富的現實基礎。翻開《鯨魚說》，落蒂曾透露不少獲得「靜帆」支持的經歷。例如〈歸航〉一篇，當「噩運來敲命運之大門時」，是「靜帆」助落蒂「壓下」洶湧翻騰的「心中浪花」；在〈大津瀑布〉，落蒂所以能驅散陰霾，再現「臉上的笑容」，讓心「不再緊鎖」，乃是由於「靜帆」陪伴在側，「默默聆聽」他的憂傷；到〈騰雲〉，困難如「一座山又一座山／一條河又一條河」，是「靜帆」以「伸出的雙臂／含蓄的微語／溫暖了」丈夫的「全部身心」；至〈遠方〉，落蒂心有猶豫，生活上進退兩難，也是「靜帆」以「堅毅的臉」，鼓勵他「要靜定握緊方向盤／排除一切雜念」。凡此種種，悉可見「靜帆」堅實地支持著落蒂，她與丈夫相知甚深，「一直知曉我／一直站在我身旁」。

此外，〈其實妳知道我〉的「東奔西竄」、「彎進彎出」皆蘊含多重意思。一來，它們可指「靜帆」緊緊跟隨落蒂的腳步。二來，這些詞語都暗示了「靜帆」在困苦的環境中與落蒂共歷患難。原來據落蒂《鯨魚說》的〈回首〉所書，「靜帆」嫁給住在鄉下的丈夫，當初便

念書的時候，成績很棒，可惜家貧進了師範學校，竟至一輩子教書……現在閒得發慌，竟寫起「新詩」來……』」

是「大馬路轉小馬路，進鄉村小路」（「彎進彎出」），跋涉而來。但「靜帆」沒有埋怨丈夫「只有／薄薄一袋月薪」，此後更陪落蒂一同在鄉下教書，「隨著我的路」建設拮据但溫馨的家。

可補充的是，據《山澗的水聲》後記〈心遠地自偏〉所述，落蒂榮休之時，「靜帆」也陪他辭了教席。落蒂寫道：「我退休，妻子也跟著我退休，照顧我的生活起居，無怨無悔。」這種數十年「一直站在我身旁」、「隨著我的路而彎進彎出」的緊密相聯，確確可見出「靜帆」與落蒂的鶼鰈情深。

〈其實妳知道我〉的第四節：

　　妳是無形的繩索
　　牢牢的套住我
　　不至於
　　失控如暴衝的車

過起退休生活的落蒂近日在臉書說：「正在努力提醒自己！凡事慢慢來，別急！本來就急性子，年老不宜再急！」落蒂形容自己如「暴衝的車」，對應的乃是其「急性子」。沉實的「靜帆」大概常在生活上「套住」衝動的落蒂，讓他不致「失控」。《山澗的水聲》曾分享一件趣事：落蒂曾見退休的朋友買地建農舍，對他們整地、種花、種菜，以及養雞、養鳥的「神仙日子」十分欣羨，因之他也對「靜帆」說，想要「弄一塊地」，把它經營成「神仙世界」。幸好，「靜帆」及時地制止了他：「你忘了？十幾二十年前，我們和一些同事到附近看一個休閒別墅的工地，營業員說得天花亂墜，大家都很動心，我不是告訴你先不要衝動，回去想想再說。後來買的人沒有時間常常前往住宿，每月卻要按月繳管理費，日久沒人住，一旦前往，總要打掃半

天，累得像個孫子，那還有渡假的心情？後來那批休閒別墅紛紛以半價求售，還不見得有人買呢？」一番話說得有理有據，「靜帆」這一賢內助也果然順利地、「牢牢」地「套住」落蒂的「暴衝」。

最後是〈其實妳知道我〉的第五節：

> 其實我更希望
> 妳陪我去山林野外
> 看風雪的世界
> 瞭解那些弱小的生命
> 是如何以身體對抗
> 鋒利的刀劍

詩裡的「陪我去山林野外」可簡單理解為結伴旅行，暫離房屋牆壁的包圍，這是落蒂和「靜帆」常有的共同活動。除了在臉書貼文的行腳分享外，落蒂幾部詩集均附有與妻子出遊的照片，如《春之彌陀寺》有二人在合歡山西峰、蘇州車站、新加坡亞洲村和泰國桂河橋的合照，新近的《時光問答》也有攝於歐麗荷城堡、頭城農場等處的相片。恰好，「風雪的世界」、「弱小的生命」、「以身體對抗／鋒利的刀劍」等語都能跟落蒂一首旅遊詩——〈長城短調〉產生共鳴。在〈長城短調〉中，落蒂描寫活在刀口上的戍卒無法把握自身命運，兩眼含淚，鎮日「望不穿／風雪的茫然」。

從象徵的角度看，〈其實妳知道我〉的第五節又能另作別解。一種可行的詮釋脈絡是，「去山林野外」指遠離是非之地，「看風雪的世界」乃指到達供人靜思的所在，如〈夜宿峨眉聞晚鐘〉所寫到的空靈之境——「四野無聲／雪落／紛紛」；而「弱小的生命」是指人的年壽有限，「鋒利的刀劍」則指時光能切斷世間對之前世代人物的回

憶。時間的「刀劍」無情，而有志的詩人如落蒂者，卻盼望能「以身體對抗」它，在藝術的長廊上留下能夠傳之久遠的指爪──他的《時光問答》以自身和愛妻為主軸，豈不就是「我」（落蒂）和「妳」（「靜帆」）一起給無盡時流發起的勇敢「對抗」嗎？「其實我更希望／妳陪我」，共譜永恆。

多瓣的詩情：
落蒂〈花開的聲音〉略析

　　落蒂〈花開的聲音〉刊於二〇二一年三月三十日《人間福報》，全詩語言淺近，足以體現作者「力求明朗易懂」的風格。然而就詩旨來說，〈花開的聲音〉卻頗能觸發愛情、創作等方面之聯想，其內文謂：

> 只要花輕輕綻放
> 便有涼風自高空吹來
> 周身沐浴在
> 柔軟的溫馨中
> 慘白的臉
> 逐漸紅潤
> 閉鎖的
> 心
> 逐漸
> 開啟

　　照字面解，花朵綻開，展露生機，受其感染的人也有了精神，臉色不復慘白，而是恢復紅潤，連一度抑鬱緊鎖的心也要重新打開，準備與花一同「心花怒放」。依此來讀，則〈花開的聲音〉或近於張說

（西元667-731年）〈喜度嶺〉的「見花便獨笑，看草即忘憂」，有著因與植物交感而生發的喜悅之情。更博學的讀者或會聯想到李白的〈待酒不至〉：「山花向我笑，正好銜杯時。晚酌東窗下，流鶯復在茲。春風與醉客，今日乃相宜。」其中不僅有相視而笑的「花」，亦有「涼」爽的春「風」及讓人「周身沐浴在／柔軟的溫馨中」的流鶯歌聲，意象與落蒂之作契合。

至於把落蒂〈花開的聲音〉視作情詩，這種聯想也非無根游談。固然，傳統詩人筆下的「花」常與戀愛互聯，像小野小町（ONO no Komachi, 西元834-880年）的短歌云：「花色／已然褪去，／在長長的春雨裡，／我也將在悠思中／虛度這一生。」[1]即以花色之褪盡喻指失去愛情。回到當下，娃娃（陳玉貞，1958- ）填詞、張靚穎（1984- ）演唱的〈花開的聲音〉與落蒂詩題目相同，寫的也正是深摯的戀情：「不在乎這世界有多吵　聽花開的聲音　暖暖的你看著我燦爛的微笑　我喜歡你那樣看我　你眼中我是惟一　我喜歡我那樣愛你　管不住的我的心　我的心一直想　一直想你啊」，在紛擾的世界之中，「我」總是專注在最愛的「你」身上。

事實上，落蒂〈花開的聲音〉收錄在《時光問答》之中，本來就是以〈給靜帆的詩之十五〉命名，明示該作是他給妻子「靜帆」的詩篇。落蒂也常常以「花」喻指和「靜帆」的愛，如〈給靜帆的詩之十一〉寫道：「妳的笑是真的花／在我心中開放這是真的」，〈給靜帆的詩之二十二〉形容愛情如「一顆露珠從花瓣落下／暈染我一臉春光明媚」，〈妳是我唯一的指引——一九七四年給靜帆的詩〉則說太太「給我希望的紅花／帶我走進夢想的宮殿」。種種內證，都可落實〈花開的聲音〉最初之愛情主題。

1　小野小町（ONO no Komachi）：〈短歌七首〉，《世界情詩名作100首》，陳黎（陳膺文）、張芬齡譯著（臺北市：九歌出版社有限公司，2000年），頁33-34。

　　論述至此，反倒是落蒂寫畢〈給靜帆的詩之十五〉後，又把它改名作〈花開的聲音〉，此一動作更耐人咀嚼。一方面，落蒂可能是藉著同題來與娃娃的歌詞織起連結，由是烘托其「不在乎這世界有多吵」、只專情於妻子的心懷；一方面，落蒂應是想把詩的意涵擴充，給讀者開拓在愛情之外的想像空間。

　　確實，落蒂亦不時以「花」隱指詩篇，例如〈隨想曲之六〉便有句云：「一種叫做詩的花叢悄悄生長」，而落蒂的〈瓶花〉更是讓詩和花朵同步：「妳是一瓶立在我書桌旁的花／每看到我寫一行詩／妳就含苞開放了一點／再寫一行／又開放了一點／如此一行一行／慢慢的／開／放／直到一首詩完成／妳終於全部綻放／並且站在書桌旁／對我／微笑」。如此看來，落蒂〈花開的聲音〉裡那朵「輕輕綻放」的花，其實也可解作美好的創作，足以令詩家愁悶全消──善感的讀者應不難察覺，〈瓶花〉的「對我／微笑」，實際是能與〈花開的聲音〉「閉鎖的／心／逐漸／開啟」相聯的。

　　自然，落蒂〈花開的聲音〉能夠兼容更多的詮釋──像是「花」不僅隱指落蒂自己的詩，也可指涉他人的傑作，落蒂一讀，便覺心曠神怡。最近我看動畫《弱角友崎同學》（*Bottom-tier Character Tomozaki*），男主角友崎文也（TOMOZAKI Fumiya）本也有顆「閉鎖的／心」，面上缺少朝氣，顯得「慘白」，但其後試圖脫宅，潛能「輕輕綻放」，不僅容光「紅潤」，內心「逐漸／開啟」，還「開啟」了人際關係的無窮可能性──和落蒂〈花開的聲音〉比讀，想來也饒有趣味。

　　我挺喜歡菊池風香（KIKUCHI Fūka）的[2]。

2　菊池風香是男主角的第一位女友（我希望也是最後一位），巧的是女主角日南葵（HINAMI Aoi）的名字也帶「花」──「菊」與「葵」，多少也暗合〈花開的聲音〉。

我們：
落蒂《鯨魚說》的愛情

　　羅伯特・諾齊克（Robert Nozick, 1938-2002）說相愛能使各別的「我」成為「我們」[1]，這使我想到「防彈少年團」的〈I'm Fine〉在表面上拒絕「我們」，只強調「我」，而〈Save Me〉則呼喚「我們」，以拯救「我」。新詩之中，擅寫愛情的楊寒（劉益州，1977-　）撰有〈兩個和一對〉，同樣極好地表現這種由愛合一的命題：

> 關於兩個，總是很幸福的事
> 例如兩個便當有兩個人一起吃
> 例如兩張電影票讓兩個人一起看電影
> 例如兩本日記簿讓兩個人交換
> 例如兩頂安全帽讓兩個人騎機車出去玩
> 而他有一個好聽的故事，也要有一個人肯聽
> 於是，有一些幸福的故事流傳……
>
> 關於兩個，總是很幸福的事
> 就算多一點兒悲哀
> 例如兩條相濡以沫的魚

1　Robert Nozick, "Love's Bond," *The Philosophy of (Erotic) Love*, eds. Robert C. Solomon and Kathleen M. Higgins (Lawrence: UP of Kansas, 1991), p.419.

例如兩個無力買徐熙牡丹圖的愛畫人
例如兩個共分一盒餅乾的孩子
例如兩個流落荒島的人
例如兩隻一起流浪街頭的狗

但關於兩個，有時讓人覺得不夠幸福
於是有了這樣的說法：
一對姊妹
一對兄弟
一對朋友
一對情人
一對夫妻
……

一對不斷索吻的嘴唇和一對不會忘記彼此的眼睛

為便概括，或許可將〈I'm Fine〉標記為「1」（我），〈兩個和一對〉標記為「2」（我們），而落蒂在其《鯨魚說》則嘗試表述一種空間上只能是「我」、心理上卻始終是「我們」的「1.5」狀態。

落蒂二〇一八年四月一日登載於《中華日報》副刊的〈暮色〉寫道：「兩棵黃昏的樹／正在向夕陽揮手／我們的路也分得越來越遠」，客觀上將戀人「我們」拆開，但落蒂同日發表的〈舞〉隨即說：「車子左彎右拐竟轉回原地／腦中不斷舞著／分離時那段旋律」，意思是透過思憶，相離的二人又似重遇，雖然沒能像楊寒多番強調之彼此「一起」，卻仍能在內心維持著「原地」成雙的連結。

落蒂錄入二〇一五年六月《海星詩刊》十六期的〈風鈴〉又謂：

「分手時／妳在我窗上掛了一串風鈴／有風的夜晚／我就會聽見／妳淒淒切切地傾訴」。其中，「分手」的設定與〈暮色〉接近，「一串風鈴」的鳴響也應合著〈舞〉的「旋律」。同樣藉由思憶，〈風鈴〉的「我們」雖則肉身遠隔，也依然存著互聯；那側耳「聽見」女方「傾訴」的場面不無淒酸，卻實際和楊寒所寫「有一個好聽的故事，也要有一個人肯聽」相似——「就算多一點兒悲哀」。

在〈冷夜〉一篇，落蒂筆下的主人公「熄掉所有的燈火」，似乎與整個世界隔絕，陷進寂寥，但他同時又懷著歡喜：「在這樣寒冷的夜晚／妳竟是／我心中最亮的一顆星」，因著「妳」的愛意而看見光明、不感孤單——〈Save Me〉所高唱者，與此大抵相同。特別的是，明亮的「星」一閃一閃，適好也與楊寒詩中「一對不會忘記彼此的眼睛」遙遙呼應。

說到「不會忘記彼此」，落蒂二○一八年九月十九日見於《人間福報》的〈影〉亦有所發揮：「飛過的雲朵瞬間消失／而石頭卻堅持／它一直留在心中」。「我們」的遇合時間縱或短暫，如同飄雲不永，但「我們」沒有瓦解還原為「我」，「我們」的聯結還是堅穩如磐石，銘刻於五內。

惟其如此，落蒂筆下的「我們」常常能使人感到無比深情，如〈信〉的愛侶：「剛收到一封信／從清晨讀到深夜／讀成一張白紙」，反覆摩娑情話，細味不已；然後在〈讀〉，「我們」又借信箱代言：「湖邊的一只信箱／每天詢問郵差／有信嗎」，期盼下一輪通訊，期盼又一個把信「讀成一張白紙」的「清晨」與「深夜」——互相索要音書的「我們」，不正是楊寒寫的「一對不斷索吻的嘴唇」嗎？

情願不自由，也是自由了：
落蒂〈遺忘〉略析

　　落蒂的〈遺忘〉先見載於二○○七年三月《創世紀詩雜誌》第一五○期，時隔十二年，再收錄進個人詩集《鯨魚說》內，與讀者重溫深情，拒絕「遺忘」。〈遺忘〉全詩僅四行，卻能夠讓人產生豐富多樣的聯想，其全文謂：

> 妻把關了幾年的小鳥
> 放了出來
> 牠停在妻的手上
> 忘了飛翔

　　誇張點說，「關了幾年的小鳥」其實讓筆者想到由彭浩翔（1973- ）執導的香港電影《大丈夫》。片中梁家輝（1958- ）飾演的「九叔」曾因沉迷歡場、拈花惹草，而被吳君如（1965- ）出演的「九嫂」軟禁在家，即使偶爾被「放了出來」，得以在指定時、空與友人相會，九叔仍是活在「妻」的股掌之中，「停在妻的手上」，縱忘不了，仍必須「忘了」昔日自由恣意的「飛翔」生活。

　　比我更放飛想像的讀者還可能聚焦於「小鳥」的隱喻，從而導出涉及色慾的詮釋，而我倒想從「小鳥」引出較純情的「相思」意味來。《詩經》〈周南‧關雎〉開首即云：「關關雎鳩，在河之洲。窈窕

淑女，君子好逑」，以「小鳥」鳴唱烘托男子眷懷所愛；在西方，卡圖盧斯（Catullus, c. 84-c. 54BC）也曾藉「小鳥」寄託戀慕之情，飛白（汪飛白，1929-　）的中譯本〈小雀呀，我的情人的寵物〉（"Catullus 2"）寫道[1]：

> 小雀呀，我的情人的寵物
> 她常與你玩耍，在她膝上，
> 或者把指尖兒給你啄食，
> 還逗你啄得狠些，狠些，
> 因為她呀——光彩照人的
> 我的情人，想要借此自娛，
> 想從痛感中得到些許安慰，
> 同時愛情的劇痛就會消減。
> 但願我也能如此同你玩耍
> 而減輕壓在我心頭的相思！

　　若是將落蒂〈遺忘〉的「小鳥」也視為是象徵「相思」，則「妻把關了幾年的小鳥／放了出來」可解作歷經多年，女子終於答應了男方的追求，成為其「妻」，男方被圈限得辛苦的思念之情因此得到解放；如是者，他那濃濃的思念便「停在妻的手上／忘了飛翔」，時時刻刻都要與愛人粘連，不肯分離。較曲折的第二種理解則是：男子像《大丈夫》的九叔那樣曾經不忠，思念他人，結果被「妻」限制活動數年；這段期間，他大徹大悟，痛改前非，在獲妻子原諒並「放了出來」後，他仍甘心「停在妻的手上」，只戀慕她，不再在外面的花花

1　飛白（汪飛白）譯：《古羅馬詩選》（廣州市：花城出版社，2000年），頁38。

世界「飛翔」。筆者偏愛上述第一種解釋，而男子自願放棄「飛翔」，專情於妻子，這和胡適（胡嗣穈，1891-1962）所說的「豈不愛自由？此意無人曉：情願不自由，也是自由了」[2]實可謂一致。

落蒂的〈遺忘〉與紀弦（路逾，1913-2013）〈我是船你是港〉也頗多可比之處。紀弦對妻子說：「我是船，你是港。／唯有在你的兩臂間，／我才能夠得到平安。」他的「船」猶似落蒂之「鳥」，願意被「關」，願意「停在」妻子的「港」，「避避風浪」，如同雀鳥「忘了飛翔」。另外，紀弦謂：「哦，賢妻呀，唯有回到你的懷抱，／我才算是有了平安。」這與落蒂〈遺忘〉寫「停在妻的手上」完全相合。最重要的，是紀弦寫〈我是船你是港〉時已經「八十歲了」、「不再慘綠」，梅新（章益新，1937-1997）稱許道：「八十歲的人，對老妻仍保有初戀的『慘綠』少年的感情，不易。」[3]而在〈遺忘〉刊出之時，落蒂亦已早逾花甲之年，猶自繼續為妻子寫情詩，這同樣是多麼浪漫的事——更何況，落蒂在二〇二一年還把獻給愛妻的《時光問答》付梓呢！

弗德里希·尼采（Friedrich Nietzsche, 1844-1900）有句云：「健忘者才算健康」[4]，稍作曲解並局限到愛情之上，對配偶專一，對誘惑「健忘」，確實也是家庭健康快樂的秘訣。

---

2 胡適（胡嗣穈）：《嘗試集》（北京市：人民文學出版社，2000年），頁17。

3 連同所引紀弦（路逾）詩，見梅新（章益新）：〈紀弦的《我是船你是港》〉，《魚川讀詩》（臺北市：三民書局股份有限公司，1998年），頁7-10。

4 弗德里希·尼采（Friedrich Nietzsche）：《尼采詩選》，錢春綺譯（太原市：北岳文藝出版社，2003年），頁104。

變幻出多少新奇詩句：
落蒂、「星子」與胡適

　　落蒂以《愛之夢》和《煙雲》二書，重點寫他所傾慕的女生「星子」。「星子」並非原名，而是落蒂為她所取的稱呼，典出自胡適寫於一九一九年四月二十五日的〈一顆星兒〉[1]：

> 我喜歡你這顆頂大的星兒，
> 可惜我叫不出你的名字。
> 平日月明時，月光遮盡了滿天星，總不能遮住你。
> 今天風雨後，悶沉沉的天氣，
> 我望徧天邊，尋不見一點半點光明，
> 回轉頭來，
> 只有你在那楊柳高頭依舊亮晶晶地。

　　落蒂在學校遇見「星子」，當時男同學都因「星子」的側影尤美，而暗中稱她「側影」。落蒂卻另有主張，其〈側影〉說：「往後的一些日子，我祇有站在三樓『遠遠的看她』，每次總感覺她距我好遙遠，我開始決定替她取『星子』的外號，我不和別人一樣叫她『側影』。」之所以如此，是因為落蒂不願只停留在外觀的印象上。當落蒂初次邂逅「星子」，「星子」的文學素養、知識都讓落蒂驚訝，〈乍

1　胡適：《嘗試集》，頁46。

見星光〉寫他內心無比喜悅，湧現出希望之「星」——「抬起頭，夜空正有一顆星星在耀眼閃爍。」新詩〈北極星〉可為佐證：「那夜偶一仰首／便見那燦然的光芒／便見一座雕像／塑立在心靈的殿堂」，故捨「側影」而用「星子」，實更能道出落蒂對她的激動心情。不過，落蒂既未以「側影」呼喚「星子」，亦沒有讓她得悉「星子」這一稱號，如胡適所言，落蒂「叫不出」那個「名字」，只是自個兒把它藏在詩文與心間。

落蒂視「星子」如「北極星」，他確也感覺「星子」有「燦然的光芒」，能像胡適筆下的「星」一樣，總不會「被遮住」。在「尋不見一點半點光明」的時候，胡適的「星」仍會「亮晶晶地」掛在「楊柳高頭」，給他照耀，而落蒂在〈頌星組曲〉對「星子」的想像亦與胡適一致：「喝涼水的日子，我更需要你溫暖的光！此時，你只稍稍的露出一兩線微弱的光芒，我已感到無比的舒坦，啊！星子，微光的世界裡，你可要長遠為我點燃希望？」這裡「喝涼水的日子」即是胡適所云「悶沉沉」的負面時期，唯有「星子」這「頂大的星兒」能分出「光芒」，始終給予落蒂盼望。

但據《愛之夢》所述，落蒂與「星子」最終沒能開花結果，他們基本上還不算是正式的戀人，就已分開。日後，落蒂在收於《大寒流》的〈夢境〉仍表示對「星子」的念念不忘：

> 彷彿在那波浪之間
> 有一層一層的漣漪掀起
> 無法從你指示的方向
> 追尋已失去的往日圖騰
> 更無法釋懷那深深的傷痕
> 一切都如海浪

一再一波波的衝向我

那曾使我滅頂的往日大海

一再的在我腦中盤旋

掀波

一再回航的船隻

彷彿載著你飄忽的影子

彷彿有無法排斥的思緒

都像你我之間那透明的玻璃

阻隔一切無法穿越

你留在我詩冊中的點點滴滴

早已模糊如昔日黃花

天際的白雲迅速繁殖遮住視線

並佔滿腦中像一堆堆的棉絮

是一堆堆無法撥開的

夢境

　　首四行尋索的「往日圖騰」即指「星子」，雖然年日已久，落蒂仍難忘記這位深深吸引過自己的女同學。他的《煙雲》在一九八一年出版，後記〈未殞落的星光〉寫道：「以我現在的年齡來出版情詩選，那種心情是不難想像的。做夢的年齡早已過去了，但我還是最懷念那段做夢的歲月。」

　　不過回憶不只有美好的部分，想起「往日」，特別是和「星子」分手的經歷，落蒂仍難免痛心，如有道「深深的傷痕」尚未結痂，叫他「無法釋懷」，甚至失戀時那種「滅頂」的感覺亦依舊存在，揮之不去。落蒂在〈飄〉中記述：「和星子分手後，我內心很痛苦，每夜徘徊在星光下，獨自承受難耐的煎熬……她在我腦海中的印象，實在

太深刻了，我驅除不了，我想見她」。當年，落蒂寫下了〈在遠遠的地方看妳〉一作，以抒胸臆：「你就立在河的那岸／有人溺斃了，眾人喧騰／你仍遠遠的立在／屬於我小小的方寸的土地上，冷冷地」。可想而知，詩中的「你」乃指「星子」，而「溺斃」的苦戀者便是因失戀而如遭「滅頂」的落蒂。

分手後多年，落蒂仍不時記掛「星子」，後者常常在他的腦海「盤旋／掀波」，令記憶彷彿「一再回航的船隻」，頻頻觸動著落蒂的心靈，正如〈未殞落的星光〉所記：「這二十年來，我還是無法忘懷那段日子，我仍然常在夜晚蹀躞在星光下。」正因如此，「星子」經常是落蒂新詩的書寫對象，她在他的「詩冊」裡留下了「點點滴滴」。當然，一切都已是「模糊如昔日黃花」，落蒂〈未殞落的星光〉亦言：「我為我心中最美麗的星子寫了不少詩，她竟完全不知道，二十年後的今天，她飛入誰家，我也一無所知」──他與「星子」徹底失聯，《煙雲》也者，彩雲已散，往事如煙。

可特別留意的是，落蒂的〈夢境〉乃是反用胡適〈一顆星兒〉──曾經，「星子」是如胡適所說的，「月光遮盡了滿天星，總不能遮住你」，一直會「在那楊柳高頭……亮晶晶地」閃耀，可是終究，客觀的環境如「天際的白雲迅速繁殖遮住視線／並佔滿腦中像一堆堆的棉絮」，使得落蒂「無法」順著回憶的「方向／追尋已失去的往日圖騰」，有一種「透明的玻璃」阻擋了「星子」的光，「無法穿越」，也讓「夢境」再「無法」被「撥開」。

綜上可見，落蒂為「星子」命名，乃是本於胡適的〈一顆星兒〉，而落蒂對「星子」的憶念和放手，如〈夢境〉所示，則是藉反寫〈一顆星兒〉的「總不能遮住」來完成。奇妙的是，胡適一九二〇年八月十二日寫的〈一笑〉[2]竟也巧合地預表了落蒂和「星子」的交集：

2　胡適：《嘗試集》，頁61。

十幾年前，
一個人對我笑了一笑。
我當時不懂得什麼，
只覺得他笑的很好。

那個人後來不知怎樣了，
只是他那一笑還在：
我不但忘不了他，
還覺得他越久越可愛。

我借他做了許多情詩，
我替他想出種種境地：
有的人讀了傷心，
有的人讀了歡喜。

歡喜也罷，傷心也罷，
其實只是那一笑。
我也許不會再見著那笑的人，
但我很感謝他笑的真好。

　　胡適寫某人的「一笑」給他深刻印象，初見時就已「覺得他笑的很好」，十幾年後「那一笑還在」，全然「忘不了」，而這恰好也是落蒂對「星子」的感受。落蒂在〈妳的微笑〉寫道：「驀然，一朵羞蓮悄然開放／那麼清香，恍如一股和風／吹開我久閉的心房」，「只要那麼短暫的開放／親親，我的一切不幸都要融解在妳的笑裡」，以蓮花綻放喻指「星子」的「一笑」，表達出初識「星子」的震撼；其〈乍

見星光〉則謂：「她輕輕的說了一聲『再見』，臉上浮出一朵淺笑，那微笑一直到二十年後的今天，還那麼清晰」，直接道出「星子」之教人「忘不了」。

此外，胡適說自己借「一笑」的那人「做了許多情詩」，過程中又為那人「想出種種境地」，這也與落蒂以詩寫「星子」之情況相符。前述的〈夢境〉已說過，「星子」常在落蒂的「詩冊」裡留下「點點滴滴」。這些「點點滴滴」有的是以事實為本，像〈妳的微笑〉、〈山城之春〉等；有的則純屬落蒂幻想之「種種境地」，如〈午夜哭泣〉虛構出一名「很魁俊」並「擅長划情感的花舟」的情敵，〈獨飲〉則有「星子」隨富有男友「乘坐賓士」而去的情節。

最後，胡適說：「我也許不會再見著那笑的人，／但我很感謝他笑的真好。」落蒂亦然，他跟「星子」的聯繫已經中斷，無緣「再見」；但相信，如落蒂在〈未殞落的星光〉所說，「星子」有時還會是他「詩的靈泉」。就藝術創作而言，落蒂應當也「感謝」初遇的「星子」曾「笑的真好」。

種種冥契暗合，使落蒂、「星子」和胡適之間產生了出乎意料的聯繫，彷彿打破了胡適〈夢與詩〉[3]所言：「你不能做我的詩，／正如我不能做你的夢。」但胡適同詩的另四行倒是益顯有味：「都是平常情感，／都是平常言語，／偶然碰著個詩人，／變幻出多少新奇詩句！」詩之奇，總能令人讚歎。

3　胡適：《嘗試集》，頁68。

夜に駆ける：
落蒂〈夢想〉試說

　　落蒂詩文常借「花」為喻，有時是以繽紛的「花園」為社會，詩人是其中不顯眼的「花」，有時則以星光熠熠的文壇為「花園」，不屬主流的作家便是開在一旁的「花」。至於〈論寫作〉，落蒂則是以「小花」比喻創作的題材，以盛開的「波斯菊」等比喻優異的文章：

> 心中不僅是充滿各種長不大，開不了的小花，甚至也養了許多瀕死而無法唱歌的小鳥。讓它們種在大地上，成為波斯菊、薰衣草或玫瑰，絢麗色彩妝點大地。讓鳥兒飛進森林歌唱，歌聲響徹雲霄，何必把它們悶死在心中！

　　這之中，「花」的意象是和「鳥」駢肩而出的，花色奪目、鳥鳴悅耳，皆喻指美妙的詩文能夠觸動人心。結合大地之「花」和高空之「鳥」，落蒂刊於二〇二一年七月一日《聯合報》的〈夢想〉又謂：

> 落了滿地的桐花
> 渴望伸開翅膀
> 飛向夜空去飄泊

　　這首微型詩之所以能突破篇幅，不使想像受限，首行的「花」實

在扮演了關鍵角色。如果視「滿地的桐花」依舊美麗，依舊能「妝點大地」，則「桐花」如〈論寫作〉所示，乃隱喻卓越的詩文，它們「渴望伸開翅膀」，「飛」進能欣賞、有共鳴的每一位讀者眼中、心中，這自然是所有創作者的「夢想」。反過來，如果認為「滿地的桐花」已經凋殘，生命力匱缺，則「桐花」便等如〈論寫作〉的「小花」，是未被妥善發揮的題材，作者多「渴望」它們能如「鳥」一般「伸開翅膀」，在「夜空」、在「森林」的各處高聲地放歌，譜成傑出的篇章。

而誠如本文篇首所言，「花」在落蒂筆下常常是比喻詩人和非主流的作家，這又給〈夢想〉更多的詮釋可能。那麼，若視「落了滿地的桐花」為詩人，也許可想像他們雖不被社會重視，卻無悔與藝術相戀，「渴望」找一片不談功利的「夜空」，遠離世俗，自在自得地「歌唱」，繼續遨翔在寫作的天穹；如果把「桐花」看成不屬主流的作者，則他們其實也不求鎂光燈的照射，而是嚮往、「渴望」寧靜的「夜空」，默默經營自己所愛的文學園地，不必住進潮流的網中、籠中——無論接受這裡的第一或第二解，「飄泊」都是自由的另種說法、浪漫說法。

固然，讀者的介入無比重要，且未必要受作者意圖的框限。拿起〈夢想〉，撇開落蒂曾用的隱喻：「優秀詩文」、「題材」、「詩人」和「非主流作者」等，讀者還可隨意代入自身的「夢想」，為詩開啟更多的可能、注入更多的動力。

讀〈夢想〉的「飛向夜空去飄泊」，我首先想到的便是 YOASOBI 的〈向夜晚奔去〉（“Into the Night”）——「落了滿地的桐花」猶如歌詞和原著小說裡的求死意志，男女主角「伸開翅膀」，奔向「夜空」，遂找到彼此的「夢想」，從世界的焦灼中解脫出來。

「桐花」以愛情著色，不知會否益顯「絢麗」？

枯井底，污泥處：
〈夢中深井〉的兩種「誤讀」

余城旭

　　「井」深邃而孤獨，常被引為意象。村上春樹（MURAKAMI
Haruki, 1949- ）《挪威的森林》（*Norwegian Wood*）便以「或許那只是
存在她心中的印象或記號也不一定」[1]的「井」作為意象引入整部小
說。恰是「井」自身構造獨特，且融入周遭環境，於寫、讀之時，易
教人浮想聯翩。讀落蒂〈夢中深井〉，思緒即如墮進一口深不見底的
井，竟讀出兩種氣氛迥異的可能，是作此論。〈夢中深井〉謂：

　　　　啊！就是那一口夢中
　　　　深井，我把天窗悄悄打開
　　　　讓星光垂下來
　　　　沿著長滿青苔的
　　　　井壁考古

　　　　井壁微微震動
　　　　產生稀有聲波

1　「她」指女主角直子（Naoko）。

星光企盼成為吊桶
夜夜下來撫觸
井水，企盼
譜成樂音

在井中徘徊的星光
輕輕在水面打著
節拍
在深深的夜裡
在只有星光知道
深井微波的
小宇宙

甫觀詩題，想及《天龍八部》段譽與王語嫣情定之所，正是「枯井底，污泥處」，果不其然，全詩正可讀成段譽寫予王語嫣的一首情詩。話說段譽傾心於王語嫣，王語嫣卻始終心繫慕容復。然而，小說第四十五話，慕容復自我沉醉於競逐西夏駙馬、力圖復國的春秋大夢之中，段譽情深之至，竟自告奮勇，欲說服慕容復回頭是岸，為了痴心一片的王語嫣放棄復國之念，自言「能見到姑娘言笑晏晏，心下歡喜，那便是極大的好處了」。如此天真率性之舉，當然不會成功，反而誤中圈套，被慕容復投進深井。豈料，事情被王語嫣撞破，她與心儀已久的慕容復一番對質後，自知痴心錯付，便也投井欲與段譽同死。

正是此一劫，使得段、王二人終於「把天窗悄悄打開」，讓愛情的「星光垂下來」，給他們修成正果的契機。二人經歷良多，此刻互訴深情，從開始到現在，「沿著長滿青苔的／井壁考古」。殊不料溫存之際，慕容復、鳩摩智因爭鬥而也相繼掉進井裡。鳩摩智走火入魔，

發狂大笑，拳打足踢，是以令「井壁微微震動／產生稀有聲波」。幸得段譽身具「北冥神功」，盡吸鳩摩智畢生內力，可自己也暈了過去。醒轉之時，堵塞井口的大石已被移開，「星光」固可「下來撫觸／井水」，同時段、王二人的愛情光芒亦愈發璀璨。小說第四十六話，王語嫣只道段譽已死，嘆謂「只盼日後絲蘿得托喬木」、「追隨段郎於黃泉之下」——對於在十二話初聞王語嫣輕聲一嘆，便已忖思「這一聲歎息如此好聽，世上怎能有這樣的聲音」的段譽來說，那自是「如聆仙樂」（四十五話），堪可「譜成樂音」。

　　詩的末段呼應前文，固指二人情定終身，其婉言細語交織出「在深深的夜裡／在只有星光知道／深井微波的／小宇宙」。率性自然的段譽由始至終，從無因嫉妒而有謀害情敵慕容復之心。然而，慕容復家傳武功「斗轉星移」，不正暗合〈夢中深井〉屢提的「星光」？如此觀之，「星光垂下來／沿著長滿青苔的／井壁考古」，可指第四十五話慕容復負著與王語嫣的往事，施展壁虎游牆功逃離深井；「星光企盼成為吊桶／夜夜下來撫觸／井水，企盼／譜成樂音」，則指慕容復逃離後，最後一次面對舊情的心理掙扎。至末段，「在井中徘徊的星光／輕輕在水面打著／節拍」三行，可看成段譽暗諷慕容復無時無刻皆在盤算；而「只有星光知道／深井微波的／小宇宙」數行，又可算成段譽明嘲其苦念復國，不及自己抱美逍遙之意——事實上，這種種聯想斷非段譽之念，如果不當筆者私心作祟，則當是慕容復「斗轉星移」，把種種度人之腹的念頭還施己身，自造煩惱了。

　　上述與《天龍八部》之對讀，有情人終成眷屬，以團圓收束。但〈夢中深井〉的「井」，以及第二句的「天窗」又彷彿「譜成樂音」，與黃偉文（1969- ）流行歌詞〈井〉和〈天窗〉有所和應。先從〈天窗〉一窺事因：

別望著　那熱茶　暗中的　計算
茶包　浮起　沉澱
若是沒要事　你怎會約我相見
分手講到了　咀邊

讓靜默　去蔓延　救不了你　太多遍
逃走　還更　方便
事實上我亦　理解　不忠的辛酸
不便突然　態度變

毋須打開天窗
能裝不知　也算體諒
狠心揭破真相
無非想　扮誠實來換舒暢

　　「不忠」的情人欲與自己「分手」，〈天窗〉言「毋須打開天窗」，這是出於二人心照不宣，不如就此各走各路。落蒂筆下的「我」卻「把天窗悄悄打開」，鼓起勇氣當面對質，變成〈天窗〉後言的「開多一槍」，造成更激烈衝突，遂成〈井〉「苦戀到死」，投井自盡的苦情。〈井〉開首就寫處於井底的情景：

越來越冷　越來越濕　越來越黑
井底的眼睛　抬望宇宙　隕落碎星
越來越遠　越來越虛　越來越輕
我願為情　黃泉下暢泳　你沒有心領

　　投井橋段，一瞥之下與王語嫣倒有幾分相似，惜落蒂的「我」沒如王語嫣般尚有段譽，對著「沒有心領」的「你」，仍不得挽回舊情。除了入井之事外，「抬望宇宙　隕落碎星」正合詩人「讓星光垂下來」之描寫，至於「沿著長滿青苔的／井壁考古」，可與次段主歌呼應：

　　　　越來越怨　越來越慘　越來越悲
　　　　井底的叫聲　由大到弱　到沒有聲
　　　　越來越愛　越來越緊　越來越瘋
　　　　這段劇情　彌留在腦內　播著也高興

　　「彌留在腦內」的「劇情」，正是值得「考古」、心心念念熱戀的歷史。十二個「越來越」，帶出越來越苦的痴情，直至「我」越發虛弱，便如「井底的叫聲由大到弱　到沒有聲」，正合「井壁微微震動／產生稀有聲波」。「我」只能望到井口若有若無的「星光」，有如黃霑〈明星〉中「默默愛過」的「天上星星」，象徵美好的回憶與嚮往。黃志華指〈明星〉到了今時今日，變成具「悼念」功能的歌曲，亦正與「井」所促成的「死亡」想像脗合[2]。
　　〈井〉的末尾是第二人稱對「我」嘆喟：「不應偏執到死　先清楚記起　根本這是歪理　你會為情人捱完毒氣　但你卻對生命兒嬉」，以痛悟收結；但〈夢中深井〉的「我」似乎並未開悟，任由「在井中徘徊的星光／輕輕在水面打著／節拍」，泛起「深井微波」，讓思憶、恨愛掌控水井底下自己的脈搏心跳，結局可想而知，暗藏於〈井〉一詞中，就留待看倌體會了。

2　朱耀偉、黃志華：《香港歌詞八十談》（香港：匯智出版有限公司，2011年），頁65-67。

代跋
過門更相呼，天真難可和：
落蒂〈回鄉的早餐〉細味

落蒂〈回鄉的早餐〉刊登於二〇二二年四月六日的《人間福報》：

思鄉的浪潮一波一波
衝向故鄉的記憶
終於
衝上老家庭園
吸飲母親甜蜜的豆漿
撫摸著慈愛溫暖的饅頭
燙出來的青菜
有鄉親汗水的留痕
煎盤粿滋滋聲是熟悉
親切的鄰人招呼
好久
已經好久潛伏心中
一波又一波的思潮
今晨滿足之後
不想退回茫茫人海

照字面理解，此作意思顯豁，寫的是詩人在精神上回到「老

家」，見到了「母親」、「鄉親」和「親切的鄰人」，還幻想自己嚐遍了「甜蜜」、「溫暖」、叫人「熟悉」的各種「故鄉」食物。這些「思鄉」的意念既在「今晨」湧起，又獲得了一定的「滿足」，詩人便沉浸其中，不願抽離，寧可一直待在所傾心的「故鄉」世界。讀至此層，我們可了解落蒂的鄉情，而遠遊之人也許易有共鳴，要與詩家一同淌漾在「一波一波」的、思家的「浪潮」裡。

往深處去，落蒂〈回鄉的早餐〉有著需要反覆咀嚼的底蘊。詩中的多個名詞，如「豆漿」、「饅頭」、「青菜」和「煎盤粿」等，皆為食物，與吃有關，而第五行的「吸飲」則明顯是嘴部動作，這些部分都讓人想到西格蒙德・佛洛伊德（Sigmund Freud, 1856-1939）所謂的「口腔期」。粗略劃分，人們零至一歲為「口腔期」，一至三歲為「肛門期」，三至五歲為「性器期」，六至十二歲為「潛伏期」，而十二歲後則進入「生殖器期」[1]。零至一歲的嬰兒從吸吮乳汁而得到快樂，相對應地，落蒂寫的「母親甜蜜的豆漿」即是隱喻母乳，而「溫暖的饅頭」實際也與胸脯相似，從嬰兒的視角看，這無疑是幅「溫暖」純潔的畫面。

順此剖析，落蒂所言的「思鄉」就可以不單指空間上的故園，也可指時間上的往昔——在那個「鄰人」會「親切」地打「招呼」的年代，人們淳樸地以「汗水」換取生活所需，無詐無欺，處處是令人安心的感覺。有了年紀的落蒂回望過去，那真是段值得懷念的歲月，真是精神可安棲的「庭園」。

如是者，詩結尾的「今晨滿足之後／不想退回茫茫人海」就更堪細味了。若只以空間的「歸去來」解讀，這兩句便是說眷戀鄉土，不想再返回城市、都市，算是文學作品「城一鄉」對立結構的又一示例。

---

1 Jerry M. Burger, *Personality*, 6th ed. (Belmont, CA: Wadsworth, 2004), pp. 51-55.

　　假如用時間的角度出發，則落蒂是含蓄地透露了對自身長大後的憂思。在社會化的「茫茫人海」中，素樸的精神不是不復存，奈何到處充滿壓抑，詩人也無法以嬰孩般的童真待人接物，只能戴著假面具生活。正因如此，落蒂才會說自己的天真狀態被迫「潛伏」，而且是與成人的漫長時期相隨，「潛伏」了「好久」一段時期。

　　所以從空間上看，老去的落蒂所嚮往的，也許是陶淵明那種「過門更相呼」的田園寫意；從時間上說，他或許較近於嵇康（西元223-263年）「天真難可和」的唏噓。一篇〈回鄉的早餐〉，像落蒂的許多文本，可淺讀，可深讀，可跨越空間，可穿梭時間，如「早餐」之可耐咀嚼，可耐尋味，自可擴張讀者對詩的胃口。

文學研究叢書・現代詩學叢刊　0807024

文藝・自然・哲理・愛情：落蒂新詩論集　續編

編　　者	余城旭、陳卓盈、鄭鍵鴻	
作　　者	余境熹	
責任編輯	官欣安	
特約校稿	林秋芬	

發 行 人　林慶彰
總 經 理　梁錦興
總 編 輯　張晏瑞
編 輯 所　萬卷樓圖書股份有限公司
　　　　　臺北市羅斯福路二段 41 號 6 樓之 3
　　　　　電話　(02)23216565
　　　　　傳真　(02)23218698

發　　行　萬卷樓圖書股份有限公司
　　　　　臺北市羅斯福路二段 41 號 6 樓之 3
　　　　　電話　(02)23216565
　　　　　傳真　(02)23218698
　　　　　電郵　SERVICE@WANJUAN.COM.TW
香港經銷　香港聯合書刊物流有限公司
　　　　　電話　(852)21502100
　　　　　傳真　(852)23560735

ISBN　978-986-478-678-7
2022 年 7 月初版
定價：新臺幣 300 元

如何購買本書：

1. 劃撥購書，請透過以下郵政劃撥帳號：
　 帳號：15624015
　 戶名：萬卷樓圖書股份有限公司
2. 轉帳購書，請透過以下帳戶
　 合作金庫銀行　古亭分行
　 戶名：萬卷樓圖書股份有限公司
　 帳號：0877717092596
3. 網路購書，請透過萬卷樓網站
　 網址　WWW.WANJUAN.COM.TW

大量購書，請直接聯繫我們，將有專人為您服務。客服：(02)23216565 分機 610

國家圖書館出版品預行編目資料

文藝.自然.哲理.愛情：落蒂新詩論集續編/
余境熹著 ； 余城旭, 陳卓盈, 鄭鍵鴻編. --
初版. -- 臺北市 ： 萬卷樓圖書股份有限公
司, 2022.07
　 面 ；　公分. -- (文學研究叢書. 現代詩學
叢刊 ；807024)
ISBN 978-986-478-678-7(平裝)
1.CST: 楊顯榮　2.CST: 新詩　3.CST: 詩評
863.21　　　　　　　　　　　111006119